阅读的常识

俞晓群 著

辽宁人民出版社

ⓒ 俞晓群　2022

图书在版编目（CIP）数据

阅读的常识 / 俞晓群著. —沈阳：辽宁人民出版社，2022.8
ISBN 978-7-205-10486-3

Ⅰ . ①阅… Ⅱ . ①俞… Ⅲ . ①随笔—作品集—中国—当代 Ⅳ . ① I267.1

中国版本图书馆 CIP 数据核字（2022）第 102565 号

出版发行：辽宁人民出版社
　　　　　地址：沈阳市和平区十一纬路 25 号　邮编：110003
　　　　　电话：024-23284321（邮　购）　024-23284324（发行部）
　　　　　传真：024-23284191（发行部）　024-23284304（办公室）
　　　　　http://www.lnpph.com.cn
印　　刷：天津旭丰源印刷有限公司
幅面尺寸：145mm × 210mm
印　　张：9.5
字　　数：140 千字
出版时间：2022 年 8 月第 1 版
印刷时间：2022 年 8 月第 1 次印刷
责任编辑：娄　瓴
助理编辑：贾妙笙
封面设计：今亮后声·郭维维
版式设计：新视点工作室
责任校对：冯　莹
书　　号：ISBN 978-7-205-10486-3

定　　价：65.00 元

打油二首為俞君新作題端

誠意誠心拜沈公
寬容陸顥罵皆君
文人自古相輕詆
喜見俞君大不同

遼海昔時求組稿
京華十載為刊書
邅嘗作主殷勤甚
楚客衰殘絕服輸

我與俞君私交極淺，好印象
實始于世對沈昌文兄的推重，
合作多年眼緣另一一，沈兄你仍
另一也，近園毛主文乃新阻
微直接寫她信底，他后來也仍
送笑談之耐心，不仍不報怨，此
則更為難得矣，

四十多年前，俞君嘗為「同學」
以此事約寫明清小說，新意顯
之不易，而君不会因君，连改海豚
時，仍細謹由己揚十洲三尺之请，
为初生后印行世，記為青心卿
也，之患寿多材，至今愧死。

念樓錄並河於庚寅春書

序 | 液态的常识

自从尼采宣布"上帝死了"之后，或者某某某宣布"谁谁谁死了"之后，崇拜以及"类崇拜"不仅没有在这个世界消失，反而变得更丰富多彩了，其中之一，便是"常识崇拜"。这一"崇拜"，几乎拥有所有宗教崇拜的特点，比如，你不太容易搞清楚别人嘴中的"常识"是什么，也不容置疑常识的正当性与合法性，更不能问为什么要信这一组常识而不是另一组。在云团一般模糊不定、美食一般各美其美的大写"常识"面前，你需要的只是"信"！

可我们还是免不了要疑惑，究竟什么是常识呢？万千答案之一是这样的：据传，这世上有一种东西，绝大多数人都以为自己拥有，但实际上只有少数人才具备——这就是常识。又据传，常人常常把"常识"看作"平常的知识"，其实这是误把偏见当作了常识。

那么为什么少数人才具备的东西就是常识，而多数人的"常识"竟是偏见？专家没有给出解释，"信众"们也无从自我开解，于是干脆不闻不问了。到最后，和很多常用词汇的命运一样，因为到处都在争说自己的见识才是"常识"，大家渐渐觉得声音不仅纷繁，而且不胜其烦，只好空喊以对，似乎大声喊出"常识"二字就够了，完全不必再追究其内涵与范围了。如此一来，大家得以团结在"常识"旗帜下，各自常识着自己的常识，相安无事，幸福吉祥。

就在此时，有一个人看不下去了，他跳出来说，我要讲讲阅读的常识，于是就有了这本叫作《阅读的常识》的书。

这个人当然就是俞晓群了。前几天他电话我说他要出本新书，写序的任务交给我。我说只要您敢让我写，给大哥写序这种没大没小的事我就敢做。

但是我没想到他这本新书叫作《阅读的常识》。读邮箱里他传过来的书稿之前，我问了自己如下问题：

阅读有常识吗？当然有。

　　阅读的常识一直是常识吗？未必。

　　现在的阅读常识是正确的常识吗？更加未必。

　　比如，玩麻将和读书是一回事吗？按常识而论，肯定不是一回事。可是，我在"夜书房"群发起"夜问15"，征求大家是否认同"爱书如同爱麻将"，结果多数人都认同，"二者没有雅俗、高低之分"的声音此起彼伏。这违反常识吗？还是说有了新常识？

　　所谓"常识"一定不是事实层面的认定，而是观念层面的共识。那么，"爱书与爱玩麻将是否是一回事"这个问题会涉及哪些观念？至少有以下诸端：

　　读书仅为休闲吗？读书和其他娱乐方式没有区别吗？读书习惯等同于其他个人爱好吗？读书完全是私人的事情吗？书籍除了是"人类进步的阶梯"还是什么？通往自我完善之路上，读书和不读书没有境界高低之分吗？读书人为什么不愿、不敢或不屑承认读书的高贵？……

　　我因此意识到，每一则所谓"常识"，都是"一束观念的结晶"；或者说，"常识"都只是冰山一角，若干相邻、相关、相融、相成的观念构成了"海平面下的冰山"。当经济发展、社会转型、文化多元带动各种观念的持续更新与变革，我们的书籍观、阅读观、出版观当然会随之而变，那么，阅读的常识，又岂有不变之理？

今天我沿着这一思路开读俞晓群书稿《阅读的常识》，立刻就有了两大发现：

其一：俞晓群并非仅仅是在维护或传播现有的尚有生命力的阅读常识，他更在努力重建新的"阅读的常识"。

其二：他这本固体的新书，承载的多是"液态的常识"。

"液态"一词，源自晓群在书中征引的鲍曼常用的术语。利兹大学荣休教授、著名社会学家鲍曼十多年前提出"液态的现代性"这一"世界新图景"，试图描述全球化时代人类种种生活新形式。现代之前的"固态的"社会形态、价值观和其"固态的"恒久制度、习俗和行为方式正以越来越快的速度式微乃至消失。构成世界的不再是坚固稳定的"板块"，而是瞬息万变的"流沙"。他的重要著作无一不在探究"液态"（《液态的生活》《液态的爱情》《液态的现代性》）。晓群说，这里提到"液态的世界"，在国内通常翻译为"流动的世界"。"有一次在我的微信公众号上，王强看到我的文章，他对我说，看来国内也很重视鲍曼的理论，但他觉得将 Liquid 译为'液态的'更准确些。"

　　我顺着"液态"流动的方向，发现了晓群试图刷新乃
至重建阅读常识的努力。我们耳熟能详的许多常识，已然
不可避免地固态化了。像"书是用来读的"这种貌似永远
正确的话，在"液态的世界"已显现出几分"坚硬"和捉
襟见肘。如今的书早已不仅仅是用来读的。如果我们还是
死死抱着这一类狭窄、狭隘的书籍观、阅读观不放，那我
们就太小看书籍的现实功用、美学品格与文明价值了。

　　在《阅读的常识》一书中，晓群以"罗列常识"为名，
行"辨析、刷新常识"之实。看目录你可能觉得无甚新鲜
之处，但深入文章深处，你会发现许多老题目在他笔下都
翻出了新花样。

　　你认为"书籍分好书与坏书"是常识？晓群说，好书
与坏书的区分是一个模糊的概念，或者说是一个不确定的
概念，不如分为"可读"与"不可读"更适合当今世界。
他书中要做的，正是这样深入思考貌似不是问题的问题，
厘清那些久被当作"基本常识"的常识。

　　有一句话在读书人嘴边挂了很多年，俨然已进入"常
识"行列，那就是："阅读是私人的事情。"这一观念当然
与西方印刷术发明之后"新读者"的诞生有关。书籍的易

得与普及，使得读者得以独自面对书籍，默默阅读，沉浸在别人无法进入的自我内心世界之中。他们希望环境安静，自己捧书独处。晓群说，现在的问题是，"独处"消失了：十六世纪以来令文明社会骄傲的读者们，已经没有办法再独处了；他们主动放弃了独处的权利，争先恐后奔入网络世界的神殿。

如此说来，"阅读是私人的事情"这一随现代社会诞生的新常识，在眼下的"后现代社会"中，也不可避免地固化了。"然而，"晓群书中引鲍曼的观点说，"从来没有细细品味过独处的滋味，你就有可能永远不知道丧失了什么，丢掉了什么。"

晓群喜欢在出版实战中践行"再造经典"理念。这同时意味着，如果经典是常识，那么他再造的，也包括常识。他说，数字化高清技术已经改变了影印的意义，仿真、复刻、激光版等技术，加上传统书籍装帧艺术的复苏，使得经典图书再造有了多种可能。他称之为"向后看的创新"。这就是处在"液态"流动中的新常识了。

一些相互冲突的"常识"，吵吵闹闹走在同一条路上，这是晓群出版生涯中经常要面对的场景。他曾为一套中国出版家丛书写过一本《王云五传》，他觉得王云五入选这个丛书纯属常识范畴，根本不必讨论，谁知出版过程中思想交锋时时都在，甚至有人提出诸如"你为什么要为那些人涂脂抹粉"这类上纲上线的问题。晓群说："许多时候，我会无言，只是更能理解思想启蒙的重要性，以及一个族群能够生生不息，能够在世界上树立自信与尊严的艰巨性。"

"启蒙"是常识吧，可是晓群在书中提到了可以帮助对这一常识再认识的另一个词——通识。他说他很熟悉陈原、沈昌文等前辈讲的"文化启蒙"或"启智"理念，但是他从译林版"牛津通识丛书"的引进成功案例中关注到了"通识"一词。"西方的启蒙运动与通识教育，两者在时间上有前后之分，在追求上也有所差异，在功能上却有着诸多包含、交融之处。那么今日之中国，正处在哪个阶段呢？哪个问题更为紧迫呢？"这一问，就把他刚刚刷新的"常识"放进"液态的世界"中去载沉载浮了。

我们熟悉的所谓"标准的世界"已经一去不复返了；我们正站在全新世界的门前。那些曾经作为判断正误标准的常识，也正处在剧烈的变动之中。自书籍诞生以来，拜高新科技所赐，人类的阅读文化何曾遇到过今天这样全链

条、全媒介、全形态的巨变？此时也许可以"回到常识"，
问题是，回到什么样的常识？未来的世界还在不在过去的
常识里面？我们是否应该承认在"液态的世界"里阅读的
常识也是"液态"的？出版家俞晓群以一本《阅读的常识》
贡献出了他的思考。这是"重建阅读常识"的一次可贵的
努力。

　　尽管有"向后看的创新"，晓群还是在坚守一些东西，
比如出版物的"存留价值"，这是令他至今难忘的前辈教
诲，也是他寄望于下一代出版家的"职业叮咛"。什么是书
籍的"存留价值"？书中征引的扎米亚京《我们》中那几句
话正好可以回答：

　　"有些书具有炸药一样的化学构造。唯一不同的是，一
块炸药只爆炸一次，而一本书则爆炸上千次。"

胡洪侠

目　录　C O N T E N T S

III 读者与编者

I

阅
读
的
常
识

阅读与独处

　　二〇一八年六月二十三日，王强回到他的母校北京大学，在光华管理学院做一场题为《读，为了独处》的演讲，旨在与校友们分享他的著作《读书毁了我》。入北大北门时，王强被门卫拦住，滞留半小时，即使你是大名人，即使你是北大的骄傲，那又怎样？这当然不是门卫的错，而是我们接待人员跟进不及时。

　　但这丝毫没有影响王强的情绪。一段调侃之后，王强说他的话题有两个：其一是"丧失独处的时代"，即我们现时代的焦虑，正是来自我们丧失了独处的艺术。在虚拟的链接之中，我们所谓的独处，既过于喧嚣，又过于拥挤。其二是"何为独处的价值"，即为什么我们现在要强调，让所谓孤独变成真正的独处，而不是"过于拥挤的独处"
（the Crowded Solitude）。

令我意外的是在整个演讲中，王强是在运用齐格蒙
特·鲍曼的观点，来阐释他对阅读与独处的认识。其实国
内翻译的鲍曼的书很多，但王强一直是在读英文版的鲍曼
著作，他在演讲中中英对照，朗读鲍曼的四段关于独处的
警句：

鲍曼："在我们由电缆、网线和无线设备连接编织而成的
当下世界，在虚拟的连接中，人丧失了自己独处的艺术。"

鲍曼："对电子装置时刻不停的依赖，进一步加深渐渐
无人相伴所留下的生活的空虚。越是长久深陷于这一空虚，
人也就越不可能使用高科技之前的手段，诸如肌肉和想象
力，从这一空虚中自己爬出来，这是人类为当下技术世界
付出的巨大代价，人不能再真正彻底地独处。"

鲍曼："没有了独处，人不再可能为了自己的乐趣而沉
浸在一本书里，或者纯粹去画一幅画，或者盯着窗外发呆，
想象自己之外的世界。"

鲍曼："然而，从来没有细细品味过独处的滋味，你就
有可能永远不知道丧失了什么，丢掉了什么。"

听着王强的演讲，我想起二○一六年末，沈双的新著《哈英一族》完稿，王强应约为之作序，其中也提到齐格蒙特·鲍曼：

社会学的世界之途：利兹大学荣休教授、著名社会学家鲍曼十多年前提出了"液态的现代性"这一"世界新图景"，试图描述全球化时代人类时下体验的种种生活形式。现代之前的"固态的"社会形态、价值观和其"固态的"恒久制度、习俗和行为方式正以越来越快的速度式微乃至消失。人类似乎"越来越紧密地聚集"带来的却是"越来越疏离的陌生"。构成世界的不再是坚固稳定的"板块"，而是瞬息万变的"流沙"。生活世界没有了以往长久明确的"目的地"之感，于是人们不得不"如履流沙"，在从未经历过的实验性黑暗中费力摸索前行。他的重要著作无一不在探究"液态"这一当前世界呈现出来的显著特质（《液态的生活》《液态的爱情》《液态的现代性》）。……社会学告别坚实、滞重、缓慢、恒常的"固态世界"，竭力捕捉轻轻飘飘、无从预测、迅速流变的"液态世界"。

　　注意，这里面提到的"液态的世界"，在国内通常翻译为"流动的世界"。在二〇一五年，我曾经在《辽宁日报》上发表四篇关于阅读鲍曼的文章——《鲍曼：文化的是与不是》《全球化：现代性追求的挽歌》《人口过剩：富人还是穷人》《时尚：人类社会的永动机》，我所引用的译著，都是将 Liquid 译为"流动的"。有一次在我的微信公众号上，王强看到我的文章，他还对我说，看来国内也很重视鲍曼的理论，但我觉得将 Liquid 译为"液态的"更准确些。

　　回到开头的议题。说到独处，我想到十几年前的一件往事，那时也是为《辽宁日报》写专栏，评论尼尔·波兹曼的两本书《童年的消逝》和《娱乐至死》。当时我的文章题目是《美妙的乌托邦，丑陋的乌托邦》。波兹曼《童年的消逝》中讲到十六世纪欧洲印刷术的出现，带来了现代意义上的作家的概念，同时他还谈到阅读与独处的关系。波兹曼写道：

　　　　自从有了印刷的书籍之后，另一种传统便开始了：孤立的读者和他自己的眼睛。口腔无须再发声音，读者及其反应跟社会环境脱离开来，读者退回到自己的心灵世界。从十六世纪至今，大多数读者对别人只有一个要求：希望他们不在旁边；若不行，则请他们保持安静。整个阅读的过程，作者和读者仿佛达成共谋，对抗社会参与和社会意识。简而言之，阅读成为反社会的行为。……在这种环境下，人们对个性的要求变得不可抗拒。这倒不是说印刷术创造了个人主义，而是个人主义成为一种正常的、可以接受的心理条件。

波兹曼的《童年的消逝》初版发行于一九八二年。没想到进入二十一世纪，事情迅速发生逆转，在齐格蒙特·鲍曼"液态的世界"中，十六世纪以来令文明社会骄傲的读者们，已经没有办法再独处了，在电子装置的作用下，他们竟然像中世纪的信徒们一样，主动放弃了独处的权利，争先恐后地奔入网络世界的神殿。

经典与再造

　　读书，首先要阅读经典著作，这已经成为共识。但何为经典呢？已有的定义太多，我很喜欢钱锺书先生的一段话，他说："所谓经典，一个是可读，一个是可以再读，或者必须能够再读。"这话说得明明白白，不需要再加解说，也勾起我的一些联想。

　　我是一个以出版为终生职业的人，选书是我全部工作的龙头，不单是为自己，更是为读者。一般说来，选书有两个方向，一是选取新稿编辑成书，再一是选取旧书重新出版。

　　新稿编辑成书风险很大，能否挣钱还在其次，重要的是一本新稿或新书，它最终成为优秀著作的可能性极低，更不用说最终成为经典著作了。一部经典的诞生，需要多种因素的促成，比如作者所处的时代。先秦有诸子百家，秦代只允许留下"医药、卜筮、种树之书"，还何谈产生经典呢？当然也有乱世、衰世或逆境出经典的特例，如司马迁《报任安书》云："盖西伯拘而演《周易》；仲尼厄而作《春秋》；屈原放逐，乃赋《离骚》；左丘失明，厥有《国语》；孙子膑脚，《兵法》修列；不韦迁蜀，世传《吕览》；韩非囚秦，《说难》《孤愤》；《诗》三百篇，大底圣贤发愤之所为作也。"由此可见，一部文明史，其核心正是一部部经典著作产生的历史。

经典的产生，需要时间的检验与积淀。一些书，在某一时段获得好评，但未必能成为经典；一些书，曾经受到冷落或查禁，但最终却千古流传。许多年来，我一直喜欢止庵的那段话："什么书好卖就出什么书，无可非议；什么书好卖就读什么书，愚不可及。"我还喜欢王强的观点，他说："我不急于读当代的新著，拒绝读一些学人的急就文章，我这样做，是对生命的尊重。因为人的生命有限，在有限的时间里，我们只能读一流的书，只能读经典。"这是思想者的经验总结，我们应该早早地给孩子们灌输这样的观念，使之成为他们一生的阅读戒律，使他们未来的阅读生活，不会盲目，不会跟风，不会浪费生命的美好时光。

关于旧书的再造，书业有两个观念很重要：一是其他商品是越新越值钱，书是越旧越值钱；再一是其他行业的主流是向前看，书业是向后看。向后看什么？当然就是找寻经典，从而再造经典。

找寻与再造经典，是一件艰难的事情，但充满了智慧和乐趣。其中有几条原则需要我们遵守：

首先，再造经典要尊重原著，尊重原典。《论语·述而》第七写道："子曰：述而不作，信而好古，窃比于我老彭。"对于这句话，有人理解为孔子提倡"只说不作"，所以有《论语》那样语录集结的书传世。其实这样的理解不对，孔子是说，对于前人的经典，只能传述不能擅自改动，要相信和喜爱古代的经典。数千年来，擅改经典带来的恶果很多，如汉代以降谶纬著作的出现，曾几何时，造成"有一经必有一纬"的局面，并且谶纬大有替代经书的架势。此后遭到禁绝，现在连谶纬著作完整的版本都找不到了。至于当代，乱解经典的丑闻更多，好在它们大多数即生即灭，不会贻害后人，只是眼下那些盲目的跟读者可怜了。

　　其次，再造经典要尊重文化，尊重历史。说白了，就是要跳出现时代的藩篱，老老实实地做好收集、抢救、整理、研究、收藏和真实再现的事情。不能大轰大嗡，不能搞运动，像秦始皇搞焚书坑儒，造成文化断层，汉武帝又广开献书之路，导致"书积如丘山"，清代《四库全书》成就巨大，但在篡改、销毁典籍方面，也创下了世界之最。难怪鲁迅说："清人纂修《四库全书》而古书亡。"面对如此起起伏伏的传统，我们真的需要认真反思，否则不知有多少经典还会被扭曲和湮没。

　　站在出版人的角度，经典的再造，在坚持上述观念、辅以内容约束的基础上，可以有三个方面的追求：

　　一是不断出版文库版经典图书，这是一个国家走向兴旺发达，必须完成的一件事情。比如我们考察所有发达国家的文化标配，那里面一定有一套或几套文库版图书的存在，像英国的"人人文库"、日本的"岩波文库"，等等。因此我们也应该不间断地做起来，做经典著作的简装书，做干干净净的文库版，要尊重传统，要请专家选书和注释，要将书做得廉价、准确，志在面向大众的传播与启智。

　　二是出版各种形式的影印版经典图书。人们原以为电子版、网络阅读会替代纸书阅读，没想到时至今日，不但它们实现了共存，而且数字化高清技术的进步，还改变了影印的意义，为纸书的再造带来了更多的可能。比如一些科技类、教育类图书的出版，已经没有了库存的概念，因为数字化带来的高清技术和即时印刷，每年都在降低成本，在开机数量、印刷质量与人工成本等诸多方面，都向传统印刷发出了挑战。由此也带来了出版品类的全方位改变，诸如仿真、复刻、激光版等，都为经典图书的再造，创造出多样化的可能。

三是传统书籍装帧艺术的复苏，也为经典纸质书的制作提供了更多的可能。这是一种向后看的创新，它的触角直接伸向中西书装两界，其中有材料的进步，有手工与现代制作技术的结合，还有文化的交融与互补。这方面的工作，对于经典著作的再造与传播，也有重要的意义。

总之，经典的再造，不单是一项商业活动，更是一种文化追求，为此我们应该做更多的思考与努力。

传统与传承

　　传统是一个中性词，有好坏之分。因此对于传统的态度，也有承继、扬弃，乃至唾弃之别。

　　我是一个看重好传统的人，但对于所谓不好的传统，我主张不能简单否定或视而不见，不要轻易做精华与糟粕的划分。人类的历史文化是一个有机的整体，不是一句好或坏的评价，就可以将历史简单地切割开来，更不用说还有种种时代因素的干扰。所以我一直坚持那样的观点：读书和研究问题，都要有对整体性的观照。正如我喜欢阅览"廿五史"，我时常在想：你能否做到只读好人，只读好篇章，只读精华而不读糟粕呢？显然这是一个可笑的想法，也无法实现。评判一段历史，经常会因时而异，因人而异，因事而异，言人人殊。再者，后人为传统的存在划定可知与不可知的界限，也是一件不应该做和不可能做到的事情。如果非要这样做，唯一的办法，只能是采取截断、摘取、销毁或篡改的方法，销毁一部真实的人类文明史，再编造一部反人类文明的伪历史。

我又是一个看重传承的人，但我的观点是：坚持对历史的整体观照，并不等于对历史的整体继承。比如我热衷于术数文化的研究，却决不会去做占验的事情。时常有人会开玩笑说："能为我预测一下未来吗？"此时，我经常会引用《荀子·大略》中的话来调侃："善为《易》者不占。"我知道这句话的本义，它是说《周易》为一部不占之书，真正融通易理的人，不需要推占，就已经知道事情的结果了。我没有那样的造化，只是歪用先贤的名言，喻说自己志不在此而已。其实我更喜欢《周易·系辞》中的一段话："一阴一阳之谓道。继之者善也，成之者性也。仁者见之谓之仁，知者见之谓之知。"所谓见仁见智，说的正是这个道理。

如上思想有些大而化之，现在回到现实之中。我半生做文化传播工作，品评一个文化企业，或者品评一个文化人，最重要的两点，一定是看他的传统和传承。比如以百年为限，品评出版群落，我经常会赞扬上海的出版传统，赞扬他们传承的文化精神；品评出版社，我经常会提到商务印书馆、中华书局和三联书店，言必称"他们是有传统的出版社"。我主张对于既往的存在，需要格外尊重、珍视和保护，像张元济、王云五、陆费逵、邹韬奋，我们整理他们的文化遗产，需要全面了解，而不是投人之好，挑挑拣拣，修修补补，更不能为八卦而戏说，为媚俗而猎奇。

由此谈到我们研究历史人物，如果抓住传统与传承这两条主线，就会跳出固有的俗见，排除干扰，得到恰当的认识和结论。比如张元济先生，他何以投身出版？说法甚多，均跳不出伟大的时代、伟大的人物、伟大的抱负云云。回归人本主义的判断，此时我想到，张先生弃官从商，除了其他因素，似乎更与张家的藏书传统，以及张元济本人承继家传的志向大有关联。我在一篇文章中曾写道：

张元济出身藏书世家，其明末十世祖张奇龄斋名"涉园"，九世祖张惟赤是清顺治年间进士，开始着意搜藏图书，至乾嘉之际六世祖张宗松藏书之富达到顶峰，兄弟九人中至少有六人以藏书著名。道光以后张氏中落，涉园亦毁于战火，到张元济时，只剩下涉园之名，无一册藏书留存。以此为背景，张先生一生立志恢复祖业，四处搜集先人旧藏，听闻钤有张氏涉园印记的书，更是不惜重金收购，因此有涵芬楼、东方图书馆和合众图书馆的诞生。据称涵芬楼所藏善本，当时仅次于北京图书馆，加上各地藏书家襄助，以及商务印书馆影印出版的古籍，堪称一时之翘楚。

还有中华书局的创办者陆费逵先生，他自称"我一生只付过十二元的学费"，早年开蒙完全靠父母教育，以及家世传统的影响。我也曾在文章中谈到陆费逵传承家学的志向：

陆费逵先世自明代中叶以来世居桐乡。七世祖陆费培移居嘉兴郡城。五世祖陆费墀在乾隆年间出任《四库全书》总教官、副总裁，前后二十年，于嘉兴城郊筑枝荫阁，收藏《四库》副本，后毁于太平天国战火。此段家事对陆费逵影响至深，后来他创立中华书局，下大气力刊行《四部备要》，即受此牵动。如他在此书《缘起》中写道："小子不敏，未能多读古书，然每阅《四库总目》及吾家家乘，辄心向往之。"一九一五年他曾动念印行《四库全书》，因工程巨大未果。一九二一年中华书局盘进丁辅之聚珍仿宋印书局，丁氏即八千卷楼旧主。两年后陆费逵开始陆续印行聚珍楼仿宋版《四部备要》，与一九二二年商务印书馆《四部丛刊》初编形成呼应。

　　张元济、陆费逵的故事，似乎说明家世传统决定一切，其实不然。传统是一个既定的概念，传承却是一个可以变化的行动，变化什么？就是对已有的东西进行改造和添加新的生命。具有优良传统的人或企业，需要创新和进步；缺乏优良传统的人或企业，更需要努力，成功者大有人在。

　　比如王云五，他的家族十几世代没出过一名秀才，到了王云五这一代，他的大哥王日华十八岁时考取生员，有此意外之荣，举家欢乐。没想到时过不久，大哥即因病去世。从此王云五的父母不再让他走科举之路，送他去商铺学徒，为从业之需，只允许他读英文夜校。这样的家境对王云五影响巨大，但他不甘于现状，在夜校学习极为努力，连连跳级，十九岁就被中国新公学聘去做英文教师，他的同事中有宋耀如，他的学生中有胡适、朱经农。那时王云

五经常出入图书馆，还阅读原版《大英百科全书》，后来其
藏书极多，成为一代大出版家和学问家。由此可见，最终
不是传统束缚了王云五，而是他为自己的家世创造了新的
家风与传统。

作者与福柯

在传媒界，"作者"一词的使用频率最高。但如果要回答"作者是什么？"，还要费些思考。

作者不是一个新词，在我们的语境中，它的含义复杂。《辞源》记载，旧称作者有三个意思：一为创始的人，《礼记·乐记》："作者之谓圣，述者之谓明。"再为营造的人，《史记·司马相如列传》："因通西南夷道，发巴蜀、广汉卒，作者数万人治道。"三为著书立说的人，《文选》有曹植语曰："仆少小好为文章，迄至于今二十有五年矣。然今世作者，可略而言也。"

顺言"作家"一词，旧义也有三种：一为治家。再为著作者，与作者类同。三为能手、行家，如《景德传灯录》

中写道："僧却打师一拄杖，师曰：'作家！作家！'"哈哈，
此段文字大为有趣。

　　在今人的观念中，作者是文章的写作者，艺术品的创
造者。再进一步，在传媒人的观念中，作者既是一个身份
的标志，又有等级的寓意。比如作者与作家、写手等，他
们既为包含关系，也可以有高下之分。有些作者是大学者，
他可以被称为作者，但在某些文体写作中，却称不上作家；
有些作者是名人，我们会称他为作者、名人作家，却不会
称他为职业或专业作家；有些作者被称为畅销书作家，其作
品滚滚而来，但他依然只是一个写手；有些作者珍惜字纸，
疏于炒作，但他的学识和文笔，却得到业界的公认。在所
属关系上，编辑通常说"他是我的作者"，不说"他是我的
作家"。在推介作品时，编辑会根据自己的认知，称著作人
为作者或作家。

　　编辑的追求不同，情操不同，认知水平不同，对作者
的评价与称谓也会大不相同。反过来说，一个编辑，他拥
有的作者是一面镜子，高低好恶，都反映着编辑的水准。
当然，在文化与商业的双向约定中，编辑的终极追求是出
版双效俱佳的好书。何谓好书呢？情操与乌托邦的执念，

都会在强大的政治化与商业化面前崩溃。所以我们对作者的判断，又要倚仗评论家和读者的反馈。但对于出版过程而言，这又是一种缺席审判或称事后的道德评定。再者长期以来，评论家的失位也不是什么新鲜事，更别说他们对读者的正确引导了。好在各个专业的良心还在，好在一些正派的媒体人还在，好在豆瓣一类功能性的网站还在，好在求知者的热情和追求还在。这些存在，使要脸面的作者有所畏惧，他们与社会结构以及商业追逐之间，被一种精神力量做出了事实性的切割，在那里，人们对于作者的赞誉、辨析、警示、鞭挞，都更为真实，不至于被商业或某些无耻的因素所左右。

从作者的定义到作者的认知，话题渐远。拉回来，说到作者，我还有一个感兴趣的事情，即作者的身份构成，到底应该是侧重于文人还是学者呢？

先说文人，旧说有二义：一为有文德的人，《书经·文侯之命》写道："追孝于前文人。"注疏曰："追行孝道于前世文德之人。"再为擅长文章的人，《论衡·超奇》："采掇传书以上书奏记者为文人。"再说学者，也有二义：一为求学的人，《论语·宪问》写道："子曰：古之学者为己，今之学者为人。"再为志学之士、有学问的人，《庄子·刻意》写道："语仁义忠信，恭俭推让，为修而已矣。此平世之士，教诲之人，游居学者之所好也。"

当今之世，观念流变。而于文人与学者，有两个例说颇为有趣：一是南北观念的差异，以京沪为例，沪上人物好自称文人、文化人，教授、官员都不忌讳；京城诸君好自称学者，便有了诸如学者散文、学者型官员、学者型企业家云云。二是学者瞧不起文人，有西南联大传说为证：一次躲避日军轰炸，奔逃中沈从文经过刘文典，刘说："陈寅恪跑是为了保存国粹，我跑是为了保存《庄子》，你跟着跑什么！"此事难辨真伪，此话却有屁味。不过对编辑而言，在文人与学者之间如何取舍，使之成为自己的作者，还是要动脑筋。我之所见，此中人物鱼龙混杂：有兼备者，既有学问又会写文章，如胡适、钱锺书；有分离者，不列。有匠人混迹于学者，有文盲妄称为文人。作为编辑，需要有明辨真伪的能力。

此时我想起米歇尔·福柯的一篇文章，题曰《作者是什么？》，此文是呼应罗兰·巴特的文章《作者已死》而写的。他说这是一个奇怪的问题，但需要认真解释，因为它始终是一个悬而未决的问题。其实福柯并不关心上述那些世俗的问题，他的目的，只是为自己的理论学说修补一些模糊的概念，避免引起读者的误解。没想到福柯对于作者的解构，竟然引出一连串精辟的论断。

诸如，尼采《快乐的科学》中写道："上帝死了。依照人的本性，人们也会构筑许多洞穴来展示上帝的阴影，说不定要绵延数千年。"福柯文中说："如果作者已经消失，那么上帝和人共同死去。相反，我们应该重新审视作者消失所留下的空的空间……"

福柯以《一千零一夜》为例，讲述了写作与死亡的密切关系，称赞这部书的作者，把战胜死亡的策略作为他们的动因、主题和借口。"讲故事的人把他们的叙述继续到深夜，阻止死亡，推迟人人都陷入沉默的不可避免的时刻。……在所有那些夜晚，它努力从生存圈里排除死亡。"最终福柯给出一个极为精彩的论断："凡是作品有责任创造不朽性的地方，作品就获得了杀死作者的权利，或者说变成了作者的谋杀者。福楼拜、普鲁斯特和卡夫卡是这种转变的明显实例。"福柯如此这般的作品解构，确实使人"细思极恐"。

　　还有，福柯在论述作者的作用时说，有时作者的独到之处不仅在创作自己的作品，他说："弗洛伊德不只是《梦的解释》或《诙谐及其与无意识的关系》的作者，马克思也不只是《共产党宣言》或《资本论》的作者：他们二人都确立了话语方式的无穷的可能。"

好书与坏书

在中国文化中，"书"字大体有六个含义，即写作、文字、书法、书信、《尚书》和书籍。本文所言是最后一项——"书籍"，它的定义见于段玉裁《说文解字注》："箸于竹帛谓之书。"较早的例说，又见《论语·先进》："何必读书，然后为学。"

至于好书与坏书的区别，却是一个模糊的概念，或者说是一个不确定的概念。我这样说，你可能会反驳："不对啊，在我们的阅读生活中，每时每刻都在谈论着哪些是好书，哪些是平庸的书，哪些是坏书。况且古往今来，古今中外，有那么多禁书的故事，怎么能说它是一个模糊的概念呢？"其实，这正是我们需要深入思考的问题，也是我们需要厘清的一些基本常识。

对于书，与其做出好与坏的认定，不如做出"可读与不可读"的划分更为合理。"可读的书"需要有一种思想解放的态度，所谓读书无禁区、开卷有益；"不可读的书"有可变性，此一地彼一地，此一时彼一时，都会不同。有一些通常的概念需要建立：其一，抛开内容而言，在法律的意义上，或曰在知识产权的原则上，盗版的书、抄袭的书、拼凑的书，一定不可读。因为那侵害了作者的权益，是一种思想偷窃的行为，意味着道德与法律意识的缺失。其二，就内容而言，引导读者反人类、反常识的书，缺乏对生命尊重、对他人尊重的书，思想极端的书，无论著作者出发点如何，还是不读为好。其三，就品流而言，恶俗的书、平庸的书，或称不入流的书，其水平不高，问题多多，读那样的书最有风险，它会杀死你的精神生命，耗费你的物质生命，甚至把你引向人生的歧途。此类书中的绝大多数，甚至配不上"书籍"的称号，一定是不可读的。

关于书，是否可读的界定与时间有关。

首先是年龄，在人生的不同阶段中，对书籍的评定标准也会不同。波兹曼《童年的消逝》说到，西方建立"童年"的概念，应该是十九世纪五十年代的事情。从那时起，西方才开始出现禁止雇用童工的法律，还有少年罪犯与成人罪犯的区分等。童年时期的阅读，也开始出现儿童版与成人版书籍的区分。十七世纪洛克的著作《对教育的一些想法》认为，一个人的童年是他进入成年的预备期，他们需要预先接受一些正确的教育，为走向成年社会做好准备。童年时期，首先需要树立名誉感和耻辱感，以此来对抗未来百无禁忌的成人社会。要以此为基础，建立童书和好书的概念，不读那些不适合儿童阅读的坏书。十八世纪卢梭与洛克的观点不同，他认为成人是"堕落的儿童"，所以他在《爱弥儿》中说，童年是最接近自然状态的人生阶段，儿童与生俱来的许多美德，如自发性、纯洁、力量、欢乐，应该受到赞美和培养，不应该引导他们走向堕落。因此儿童只读一本《鲁滨逊漂流记》就可以了，从那里学会在自然环境中的生活和自我控制。至于其他的书，都是多余的、不可读的坏书。接着还有弗洛伊德和杜威的进一步阐释，他们均以年龄为背景，做出阅读的是非评定。

正是童书门类的出现，使童年内容的鉴定标准不断得到完善。也是十九世纪以前文化传播的载体有限，因此书

籍有着至高无上的地位，用书籍来限定儿童该读什么、不
该读什么，便基本上控制了他们的学习内容。不过随着电
视、互联网等电子媒介的产生，孩子们可以跟着成年人一
起"阅读"电视节目，继而又有网络阅读与电子书的兴起，
纸质书限制阅读的功能逐渐弱化。如今我们会在新兴媒体
中，见到"儿童不宜"或"此片限于××岁以上观看"的
提示，可以看作是阅读约制的延伸。

其次是时代，在一个社会的不同时期，书的评定标准
会很不相同。有消息说，前不久英国某机构评选出历史上
最有影响的二十大禁书：《变形记》《宠儿》《等待戈多》《愤
怒的葡萄》《黑暗物质三部曲》《农村姑娘》《桥头眺望》
《人权论》《人鼠之间》《撒旦的诗篇》《我知道笼中鸟为何
歌唱》《物种起源》《杀死一只知更鸟》《尤利西斯》《麦田
里的守望者》《查泰莱夫人的情人》《一九八四》《美丽新世
界》《国富论》《紫色》。

组织者请人们再投票，从中选出影响最大的一本禁书，
最终结果是《物种起源》。显然，随着时代的变迁，人们对
于这些书的认识，已经发生了很大的变化，究其原因，无
非是政治、认知和道德三个因素的变化在起作用。

关于书，是否可读的界定又与空间相关。粗略类分，人们起码有三个生存空间，会与书籍的评定紧密联系。

首先是社会的评定，文化群落的划分，还有社会制度的不同，都会对书的好坏给出不同的评价机制。更多的时候，社会与时代相伴而行，在时空的概念上，人们鉴定的标准又有历史与现实的区分。一般说来，历史的记忆是宽容的，现实的认定是严格的。

其次是家族或民间的评定，这一存在的单体范围，没有社会评定那么"高大上"，但其数量巨多、影响巨大，一个家族的文化传承、家风建立、书香氛围、人物风貌等，都与他们的阅读差异大有关联。清代陈其元《庸闲斋随笔》记载了许多关于书的故事，如《红楼梦之贻害》一篇，讲到杭州一个富人之家，女儿读《红楼梦》成瘵疾，父母将书烧掉，女儿大哭："奈何烧杀我宝玉？"遂死。还有《小说误人》一篇，开语便说"小说家无稽之语，往往误人"，直言做事要以信史为鉴，切不能以戏说为据。再有晚清《女子二十四孝》最后一个故事《直言谏父》：女子兰贞看到父亲批阅《西厢记》《红楼梦》，就趁父亲不在，把书烧掉。父亲问为什么，女儿说："你愿意让我做崔莺莺、林黛玉吗？"这些民间故事，堪称关于书的"警世恒言"。

另外还有藏家的评定，他们貌似仅以金钱衡量书品，书的好坏往往取决于版本价值。实则里面蕴含着更多的价值取向，诸如孤芳自赏、政治取向、疏离社会、不入俗流，等等，更重要的是藏家的私密性，在有意与无意之间，对抗世俗社会对于书籍的残害。

关于书是否可读的评定，经常会涉及禁书的概念。前文提到，好书与坏书没有明晰的定义，禁书的概念却自古有之。《辞源》记"禁书"一词有两个含义：一是秘藏之书，《史记·仓公传》："臣意即避席再拜谒，受其脉书上下经、五色诊、奇咳术……接阴阳禁书，受读解验之，可一年所。"二是禁止刊印流通之书，宋代苏辙《栾城集》："即不许卖禁物、禁书及诸毒药。"

关于禁书，做一些提示：它具有鲜明的时代性和区域性特征，其出现和发展的过程，往往由一些复杂的历史事件组成。对此，我们可以从布拉德伯里《华氏451度》（译文社，二〇一七）中得到启示，那是一部经典的负面乌托邦作品，书名"华氏451度"是纸张的燃点，作者讲述了一个焚书的故事，进而阐释禁止阅读的恶果。不过在历史上，禁止阅读更有效的方法是制造文盲，正如波兹曼指出，中世纪带给民众的四大恶果：读写能力的消失、教育的消失、羞耻心的消失和童年的消失。直到十七世纪初，英国还有几乎半数的人是文盲。这一点可以从一段记载中得到印证：一六一二年至一六一四年间，米德尔塞克斯郡二百零四名死囚中，有九十五人申请读一句《圣经》中的话，从而按照当时的法律免于死刑。由此可见，没有请求阅读《圣经》的那一大半人中，除去异教徒或视死如归者，大多是文盲。

关于书，有三个权利需要得到尊重，即写作、阅读和批评的权利。还有一些附带的重要事情，本文不再多言。其实上面论及的所有问题，无论历史或现实、正面或反面的例子，基本上都是围绕着这三个方面的内容展开的。

书单与书目

　　"先生，请您为青年人开一张必读书单吧！"

　　一九二五年一月，报人孙伏园主持《京报副刊》，他发起"青年必读书十部"和"青年读书十部"的征稿启事。先生们抵不住恭维与责任的鼓动，纷纷献上书单种种，有七十八位知名学者推荐书目三百四十种，还有三百多位青年应征做了答案，陆续在报上发表。

　　这里择出几段名家的回复。林语堂：戏剧《西厢记》，小说《红楼梦》，诗《诗经》，韵文《昭明文选》，散文《左传》，史"九种纪事本末"，小学《说文释例》，闲话"四书"，怪话《老子》，漂亮话《庄子》。附注："十种书读完，然后可以与谈得话，然后可谓受过'自由的教育'。"梁启

超:《孟子》《荀子》《左传》《汉书》《后汉书》,《资治通鉴》
或《通鉴纪事本末》,《通志二十略》《王阳明传习录》《唐
宋诗醇》《词综》。附注:"修养资助、历史及掌故常识、文
学性味,近人著作、外国著作不在此数。"胡适:《老子》
《墨子》《论语》《论衡》《崔东壁遗书》,柏拉图(《申辩篇》
《斐多篇》《克里多篇》),《新约》《论自由》《契约论》《我
们怎样思想》。徐志摩:《庄子》《史记》《罪与罚》《无名的
裘德》《悲剧的诞生》《共和国》《忏悔录》《文艺复兴》《浮
士德》《歌德评传》。也有交白卷的如俞平伯、鲁迅。

最终,组织者统计出被推荐最多的前十本书:《史记》
《资治通鉴》《孟子》《胡适文存》《中国哲学史大纲》《论
语》《左传》《庄子》《科学大纲》《老子》。

其实在上世纪初年,学者为青年开列书单并不罕见,而
《京报副刊》的这一张大书单,具有了"现象级"的意义。
此后年复一年,时起时伏,直至今日,先生们的学问越来
越大,书单也越开越长,青年人的阅读心情却日渐沉重,
日渐恐惧,日渐茫然。书太多了,书单太长了,书的品质
如此混杂,我们该听谁的意见呢?我们的阅读该走向何处
呢?由此,我想到百年以来,人们对于书单的几点认识:

　　书单是一种理想的表达，正如邵元冲所言，给青年一点读书的方法、思想的经验、平民的常识、科学的常识、国学的常识、中外历史的常识，"我以为普通书目之中能够应以上种种需要的，才算是青年必读的书"。

　　书单是一种个性的表达，正如徐志摩在《京报副刊》附言中所说："我不是个书虫，我也不十分信得过我自己的口味，竟许我并不曾发现自己真的口味，但我却自喜我从来不曾上过先生的当，我宁可在黑弄里仰着头瞎摸，不肯拿鼻孔去凑人家的铁钩。你们有看得起我愿意学我的，学这一点就够了。趁高兴我也把我生平受益（应作受感）最深的书开出来给你们看看。"

　　书单是一种意志的表达，读这样的书单，需要有文化背景的分析。比如给《京报副刊》交白卷的鲁迅说："从来没有留心过，所以现在说不出来。"接着他又在附注中留下约一百三十字，其中"我以为要少——或者竟不——看中国书，多看外国书"一段最有名，至今常被人们引用，剩下的那一百字也很厉害，此处略。

　　书单是一种利益的表达，我们在许多书的腰封上，都可以见到名人荐书。商业的因素，使推荐者的话语有了不同的意义。这也不是什么新鲜事，鲁迅曾自己编印过图书，他的推荐语即为广告。如《引玉集》，他写道，此书"神采奕奕，殆可乱真，并加序跋，装成一册，定价低廉，近乎赔本，盖近来中国出版界之创举也"。再如《木刻纪程》："本集为不定期刊，一年两本，或数年一本，或只有这一本。"这里没有对错之分，只是语境不同，读者需要弄清楚推荐者的话语背景，进而区分商业广告与非商业推荐的差异，不要为名人所惑。

书单是一种敷衍。有些是职业的敷衍，学者们不负责任地应付差事；有些是学问的敷衍，推荐者本人缺乏自信，因此总要选几本重量级的书、畅销的书、冷僻的书、怪异的书推荐出来，用以炫耀或壮胆；有些是荣誉的敷衍，人家让你推荐，你即使太忙，很久不读书了，也不敢像鲁迅、俞平伯那样说真话，拒绝推荐；有些是道德的敷衍，推荐自己都没读过的书，这实际上是一种欺骗。

推荐书单，我敬佩梁启超和胡适。他们是将烂熟于胸的东西挥笔写出来。像梁启超，一时手头无资料，也能一口气默写出近百种"国学入门书要目及其读法"。胡适开书单，从亚东图书馆到商务印书馆，都有他的遗存。他还开过"中学国故丛书""一个最低限度的国学书目"等有名的书单，至今值得我们研习。

推荐书单，我敬佩金克木的那篇《书读完了》。他写道，陈寅恪幼年时去见夏曾佑，夏对陈说："你能读外国书，很好；我只能读中国书，都读完了，没得读了。"当时陈很惊讶，以为夏先生老糊涂了。等到自己也老了时，他才觉得夏先生的话有点道理：中国古书不过是那几十种，是读得完的。哪几十种呢？这些人都已下世，无从问起。但金先生说："显然他们是看出了古书间的关系，发现了其中的头绪、结构、系统，也可以说是找到了密码本。只就书籍而言，总有些书是绝大部分的书的基础，离了这些书，其他书就无所依附，因为书籍和文化一样总是累积起来的。因此，我想，有些不依附其他而为其他所依附的书应当是少不了的必读书或则说必备的知识基础。"按照这样的脉络，从《七略》《四库全书总目提要》《书目答问》，一直到今人的书单，都是在寻找那个"密码本"，最终从浩如烟海的书堆中，找出那"几十种必读的书"。

推荐书单，我还敬佩严锋的"不必读书目"，他的思维方式类似于数学中的归谬法，试图从反面推证出必读书目来。我觉得他的论说讲理，既不是捧杀也不是标题党，只是说人生有限，读书要注重选择。至于如何选择，归根结底还是你自己的事情。严锋列出九个"不必读"的图书领域：绝大多数的中国古典小说，绝大多数的从"五四"到一九四九年的中国现代文学作品，绝大多数从一九四九年到一九七六年的中国当代文学作品，绝大多数当代中国人写的历史小说，绝大多数的西方通俗小说，所有名著的续书，很多经典的哲学著作，所有的成功学、心灵学、鸡汤类书，所有的阴谋论类书。对此我大多赞同，只是"哲学经典"一条容易引起误解，我们需要用哲学来健全心智，训练逻辑思维与独立思考的能力，因此如果条件允许，还是选读一些哲学著作为好。

最后谈一下书目的另一层意思。

一是读书人要养成编书目、写提要的习惯和能力，这里的读书人包括出版人、藏书家、阅读者。尤其是对出版人来说，这是职业的必需。比如《四库全书》与《四库全书总目提要》，前者收录典籍，后者记录作者生平、成书过程、中心思想、主要内容、经典摘要等；前者是阅读的标的，后者是阅读的路径。再如商务印书馆，他们承继前人的治学方法，百余年来编辑书目最有心得。我即收有《万有文库目录》《丛书集成初编目录》和《商务印书馆图书目录1897—1949》，还有《商务印书馆大事记》等许多书。我还东施效颦，二〇一七年从海豚出版社退休时，也编辑了一本《海豚人文书目》，收书目千余种。其实每一位读书人，都不妨为自己读过的书、收藏的书做一个目录或提要，积年下来，也是一件有益的事情，起码可以用来反思自己的阅读境界。

二是读书人要养成阅读书目的习惯和能力，参加书展、浏览书店、拜访出版机构或藏家，首先要索取书目，老派出版家都有这样的习惯。像前些年，吴兴文先生带我拜访台湾几家出版社和书店，他总是书目不离手，回来还是捧着书目画来画去，给我留下深刻的印象。

读书与看书

　　前文《书单与书目》，谈到金克木先生文章《书读完了》，其中有夏曾佑与陈寅恪的一段对话。他们谈到，真正需要读的"中国古书不过几十种"，是可以读完的。金先生称赞他们说得对，我们只需要找到密码，确认这些书是什么就可以了。

　　我对金先生的观点颇为赞赏。但近日读曾国藩著作，却发现曾氏在《与何廉昉书》中，说过一段非常类同的话："承询及欲购书目，鄙人尝以谓四部之书，浩如渊海，而其中自为之书，有原之水，不过数十部耳。经则'十三经'是已，史则'廿四史'暨《通鉴》是已，子则五子暨《管》《晏》《韩非》《淮南》《吕览》等十余种是已，集则《汉魏六朝百三家集》之外，唐宋以来廿余家而已。此外入子、集部之书，皆赝作也，皆剿袭也；入经、史之书，皆类书也。"你看，曾国藩早已把这件事情说得清清楚楚，并且给出了"密码"，算是英雄所见略同吧！

　　回到本文主题。近日思考读书与看书的差异，见到近世以来，许多学问家讨论此事，时常会提到曾国藩的阅读观点，对其赞赏有加，这使人印象深刻。

　　一位是钱基博先生——钱锺书的父亲。他在《国学必读》序言中，谈到古今诵、读、看的意义与变化，所谓："古人之谓诵，今人曰读；古人之谓读，今人曰看。"他指出，就阅读而言，看与读应该并重，它们恰如人的两条腿，缺一不可，正所谓"诵者玩其文辞之美，读者索其义蕴之奥"。钱先生还批评近人著书"只言读本而无看本"云云。那么，哪些书应该看，哪些书应该读呢？此时，钱先生以曾国藩写给儿子曾纪泽的信为例，指出：看的书有《史记》《汉书》，韩文《近思录》《周易折中》；读的书有"四书"和《诗》《书》《易》《左传》诸经，还有《昭明文选》，李、杜、韩、苏之诗，韩、欧、曾、王之文，"非高声朗诵，则不能得其雄伟之概；非密咏恬吟，则不能探其深远之韵。……二者不可偏废"。

　　另一位是陈柱先生，他在《研究国学之门径》中谈阅读方式，也引入曾国藩《与邓寅阶书》中观点，强调读书与看书是截然不同的两回事，既不可阙，也不可混。所谓"看者涉猎，宜多，宜速；读者讽咏，宜熟，宜专。看者日知其所无，读者月无忘其所能。看者如商贾趋利，闻风即往，但求其多；读者如富人积钱，日夜摩挲，但求其久。看者如攻城拓地，读者如守土防隘"。

　　从钱陈二位先生的言辞中，我们可以知道看书与读书的原理，也会为曾国藩的种种妙论所感动。其实曾氏还有很多观点值得铭记，如他在《家书》中谈到"为学四字"："看生书宜求速，不多阅则太陋；温旧书宜求熟，不背诵则易忘；习字宜有恒，不善写则如身之无衣，山之无本；作文宜苦思，不善作则如人之哑不能言，马之跛不能行。"四字之中，也有温旧书即"背诵"一项。再如曾国藩在《家训》中谈到写诗的方法，他提出，首先要熟读五古七古各数十篇。"先之以高声朗诵，以昌其气；继之以密咏恬吟，以玩其味。"正如古人所云："新诗改罢自长吟。"又云："煅诗未就且长吟。"接着曾氏给出一段惊人之句："可见古人惨淡经营之时，亦纯在声调上下功夫。盖有字句之时，人籁也；无字句之时，天籁也。"

其实曾国藩等人的观念，前有古人，后有来者，经年不绝于读书界。比如胡适在《怎样读书》中讲到阅读的精与博，他提出读书要有"四到"：眼到、口到、心到、手到。对于口到，他说："前人所谓口到，是把一篇（文章）能烂熟地背出来。现在虽没有人提倡背书，但我们如果遇到诗歌以及有精彩的文章，总要背下来，它至少能使我们在作文的时候，得到一种好的影响。"

说到诵读之背诵，大多与苦读与强记有关。这里面有两个负面的观念，需要梳理清楚。

一是说古人读书，有"诸葛公但观大略，陶靖节不求甚解"之说。诸葛公一句，见于《三国志》：诸葛亮与石广元、徐直元、孟公威一起游学，"三人务于精熟，而亮独观其大略"。陶靖节一句，见于陶潜《五柳先生传》："好读书，不求甚解；每有会意，便欣然忘食。"认为读书也有另外的路径，即不必深究苦读，也能成就大事。对此，清代冯煦《蒿盦类稿》中说，要想做到这一点的人，首先要有诸葛之才识、靖节之怀抱，不然靠什么去观其大略、不求甚解呢？其次还需要审视先贤放言的本意，不可支离穿凿，断章取义。

二是说古人读书，有"孔子过目能诵，东坡不用两遍"之说，认为那样的天赋是不可追的。对此，清代郑板桥反问，那"孔子读《易》至韦编三绝"怎么解释呢？还有苏东坡在翰林院时，读《阿房宫赋》至四鼓，"老吏苦之，坡洒然不倦"怎么解释呢？其实苏轼有诗句曰："故书不厌百回读，熟读深思子自知。"苏辙《栾城先生遗言》有记"读书百遍，经义自见"，也被奉为千古名言。关于过目能诵，郑板桥承认有天赋之说，但认为那些人"平生书不再读，迄无佳文，且过则成诵，又有无所不诵之陋"，此语不失讥讽之意。

温习前人论阅读的故事，进而想到自古读书，诵读与背诵传统的形成，究其渊源，大约有两个原因在起作用。

其一如班固《汉书·儒林传》所言："及至秦始皇兼天下，燔《诗》《书》，杀术士，六学从此缺矣。"因此汉兴之后，许多典籍失传，只能从民间征收私藏，或请饱学之士将经书背诵出来。即"汉兴，言《易》自淄川田生；言《书》自济南伏生；言《诗》，于鲁则申培公，于齐则辕固生，燕则韩太傅；言《礼》，则鲁高堂生；言《春秋》，于齐则胡毋生，于赵则董仲舒。"朱熹《朱子语类》也有记："汉时诸儒以书相授者，只是暗诵，所以记得牢，故其所引书句多有错字。如《孟子》所引《诗》《书》亦多错，以其无本，但记得耳。"

其二如清代尤侗《读书社引》所言，古人读书有三难：一是竹简繁重，虽充栋汗牛，实不过数种；二是写本不能佣人，尝手抄日诵，有不出房六年日课五十纸者；三是秦之兰台，汉之天禄，唐之集贤，书集京师，士庶家不获全睹。在那样的阅读境况下，背诵的作用就更显得重要了。此中兰台、天禄、集贤均皇家藏书之所，但秦藏书之所，未见兰台之说，《史记》有："秦拨去古文，焚灭《诗》《书》，故明堂石室金匮玉版图籍散乱。"

读到上述背景，今人或以为时代进步，阅读条件大大改进，我们的学识自会直追古人。其实不然，境况的变化未必都是好事，它也会使一些错误的观念滋生出来，比如对于书的尊重，对于阅读的尊重，也会出现下滑的倾向，甚至使今人读书，往往不如古人严肃、认真。为此，清代尤侗也有三点总结：一是古人以得书难，校雠精详，无亥豕

陶阴之误；今人得书易，谁能校书如扫尘？二是古人得书
难，甚至有杜预以借书为痴、杜暹以鬻书为罪的故事；今
人得书易，狼藉几案，多为蠹鱼石鼠所毁，梅雨寒具所污，
犯二杜之戒者比比皆是。三是古人得书难，因此昼夜披吟，
若护鸡抱犬，投斧握锥；今人得书易，往往束之高阁，肩舆
一游而已。

　　此中杜预故事，晋代杜预写给儿子的一封信中有记：
"书勿借人。古人云：古谚借书一嗤，还书二嗤。"后有"借
书一痴"之说，据言钱锺书还有一枚藏书章叫"借书一痴
斋"。杜暹故事见于唐代杜暹家中藏书，书末自跋云："清俸
买来手自校，子孙读之知圣道，鬻及借人为不孝。"不孝就
是罪过了。

早读与早记

　　一个人的读书体验，从少年、成年到老年，是大不相同的。清代张潮《幽梦影》中的喻说最为生动："少年读书，如隙中窥月；中年读书，如庭中望月；老年读书，如台上玩月。皆以阅历之浅深，为所得之浅深耳。"

　　早年读书，起于何时呢？孔子说："吾十有五而志于学。"《汉书·东方朔传》有记：东方朔"年十三学书，三冬文史足用。十五学击剑。十六学《诗》《书》，诵二十二万言。十九学孙、吴兵法，战阵之具，钲鼓之教，亦诵二十二万言"。蔡元培从十余岁开始读书，直至六十岁，"无一日不读点书"云云。

　　综上可见，前人开蒙读书，大体在十岁左右。他们有早晚之别，但天资不同，悟性不同，读书的效果也不尽相同。比如，清代大学问家阎若璩六岁入小学，"读书千遍，不能背诵"，戴震"十岁就傅读书，过目成诵，日数千言不肯休"。

早年读书，止于何时呢？在前人的观念中，二十岁大抵为一个节点。如清代夏之蓉在《丙子六秩自述》中写道："年十九，吾父见背，家道中落，益刻苦学问。《周易》《尚书》、'三礼'一钞，《毛诗》《左氏春秋》再钞，《史记》《汉书》节钞，汉、唐、宋、元、明诸家文汇钞。今诸本具存，凡详批密注，逐加丹黄者，悉吾二十以前所诵习也。"

当然，到了二十岁之后，真正的读书人，不会停止他们阅读的脚步，但阅读方式已经发生了改变，由以被动的死记硬背为主，转为以主动的深入思考为要。如清代张英《聪训斋语》中说："凡读书，二十岁以前所读之书，与二十岁以后所读之书，迥异。"

早年读书，前人还有观念认为，那是一个不可或缺的阶段。如朱熹《朱子语类》所言："小儿读书记得，大人多记不得，只为小儿心专。"清代冯班《钝吟杂录》中称："为学全在小时，年长便不成；然年长矣，亦不可不勉。"张英也认为："幼年智识未开，天真纯固，所读者虽久不温习，偶尔提起，尚可数行成诵。若壮年所读，经月则忘，必不能持久。故六经、秦汉之文，词语古奥，必须幼年读；长壮后，虽倍徙其功，终属影响。"

早年读书，应该读什么书呢？清代张英还给出对少年阶段阅读书目的建议："八岁至十二岁，中间岁月无多，安可荒废，或读不急之书。……何如诵得《左》《国》一两篇，及东西汉典贵华腴之文，为终身受用之宝乎？"

早年读书，最容易检验一个人的天资。有天赋者，如宋代秦观，他在《精骑集》序中写道："予少时读书，一见辄能诵，暗疏之亦不甚失。"还有《戴东原先生年谱》有记，戴震不但有强记的天赋，还深得学习方法，十六七岁之前，"凡读书，每一字必求其义……一字之义，必本六书，贯群经以为定诂。由是尽通前人所合集《十三经注疏》，能全举其辞"。后来戴震能成为一代经学大师，早年所教所学，起着决定性的作用。

不过，有时早慧也会带来副作用。前面提到秦观强记，过目不忘，因此骄傲起来，不再勤读苦思。后来秦观叹道：早年"故虽有强记之力，而常废于不勤"。成年觉悟后再努力，则"虽有勤苦之劳，而常废于善忘"。

　　早年读书，孩子愚钝的情况常有，但也可以发生转变。前面提到阎若璩，他勤奋读书的励志故事颇为生动。陈柱先生曾在《研究国学之门径》中写道："古今成学之士，类多从勤苦得来。即敏灵之行，虽似本乎天赋，然亦可以勤学得之。"接着陈氏引江藩《汉学师承记》记载："若璩生而口吃，性钝，六岁入小学，读书千遍，不能背诵。年十五，冬夜读书，扞格不通，愤悱不寐；漏四下，寒甚，坚坐沉思，心忽开朗，自是颖悟异常，是年补学官弟子。"到二十岁，阎氏读《尚书》至古文，怀疑二十五篇为伪书。此后用功二十余年，乃尽得其症结所在，终有大作《古文尚书疏证》传世。

　　早年读书，天资并非万能，勤奋与方法才是第一要义。如宋代苏东坡言："少年为学者，每书皆作数次读之。"明代宋濂，家境贫寒，每次向人借书，开始笔录，计日以还。明代薛瑄称：少年时"晚间诵书愈数而不能诵，至来早即豁然，昨晚所读之书，悉能成诵"。《明史·张溥传》有记："溥幼嗜学。所读书必手钞，钞已朗诵一过，即焚之，又钞，如是者六七始已。"后来张溥的书房即称"七录斋"。

顾炎武《日知录》自序中，也谈到读书方法："愚自少读书，有所得辄记之。其有不合，时复改定；或古人先我而有者，则遂削之。"所以有名作《日知录》诞生。

蔡元培在《我的读书经验》中自谦说，自己虽然读书日久，但一直不得方法，所以没有什么成就。究其原因，一是不能专心，再一是不能勤笔，这为后来的研究与著述带来许多不方便。蔡先生还赞扬胡适说："我尝见胡适之先生有一时期，出门时常常携一两本线装书，在舟车上或其他忙里偷闲时翻阅，见到有用的材料，就折角或以铅笔作记号。我想他回家后或者尚有摘抄的手续。"

还有钱基博，他在《某社存古小学教学意见书》中写道："儿童读书，能背诵尚靠不住，以其随口唱诵，往往于字形未曾体认，文义不必理会也。生字既识以后，须使之照书抄写一遍，而后为之讲解。及其能背诵以后，尤必责使默写无讹而后已。谚云'口过心过，不如手过'，斯言良信。"

早年读书，还要让孩子建立自信心。刘知几《史通》序言中，记载了一段生动的故事，刘氏自称"自小观书，喜谈名理，其所悟者，皆得之襟腑，非由染习"。后来他读班固《汉书》、谢承《后汉书》，批评前者不应该有《古今人表》，后者不应该没有《更始本纪》。当时听到的人都说，你一个小孩子懂什么，竟敢轻易指责先哲们的著作？刘知几听到批评后，"赧然自失，无辞以对"。后来刘知几读张衡、范晔的文集，见到张、范二位也认为，上述《汉书》《后汉书》两事的记载不妥。他们的质疑，竟然与刘知几的观点完全相同。由此刘知几认定，自己的看法，暗合于古人的见识，并且在后来的阅读中，类似的事情经常出现。此时刘氏叹道："始知流俗之士，难与之言。凡有异同，蓄诸方寸；及年以过立，言悟日多。"意思是说，此时他才知道，那些流于世俗的人，是不值得与之共语的。此后再有此类问题出现，刘知几先将它们积攒下来，不急于述说；等到过了而立之年，集腋成裘，此类感悟的记载越来越多。后来刘知几有《史通》名世，又是一个必然的结果。

但早年读书，孩子们识字少，阅读困难，与成年人比较，理解能力差，汲取知识不易。那为什么还要主张早读早记呢？对此，严复的观点极好，他在《与熊纯如书》中说：少时读书，"非不知词奥意深，非小学生所能了解；然如祖父容颜，总须令其见过，至其人之性情学识，自然须

俟年长乃能相喻。四书五经亦然。此皆上流人不可不读之
书，此时不妨先教讽诵；能解则解，不能置之。俟年长学问
深时，再行理会，有何不可？且年幼讽诵，亦是研练记性。
研练记性，亦教育中最要是也（若少时不肯盲读一过，则
终身与之柄凿，徐而理之，殆无其事）"。在这里，严复将
早年阅读，比作让孩子认识祖父的容颜，先让他有一个外
部的印象，能了解多少算多少，更多的了解，便有待于后
来的亲密接触与交流了。

晚读与晚记

　　前文《早读与早记》，谈到许多读书大家的观点，总结起来，少年读书大约有三大优势：一是记忆力好，有生理优势，所以读书能够记得牢；二是心理纯净，很少有杂念，且免于外界干扰，所以读书能够专心；三是时间充裕，精力充沛，所以读书能够激发潜能。所谓"童子功"的训练与养成，正是以此作为基础。再者，少年读书有两大劣势：一是知识准备少，识字少，所以读书的范围受到限制；二是理解力差，自主性差，所以读书的目的性受到限制。

　　成年读书，时间界定在二十岁以后。此前没有认真读书的人，此后还有补救的可能吗？再想练童子功，比如记忆力是不可能了，再想像幼童时代那样过目能诵，终生不

忘，怎么可能呢？但补救的办法还是有的，成年人也有增
强记忆的解决方案。清代姚鼐在《与陈定明书》中即写道：
"凡书少时未读，中年阅之便恐难记，必随手抄纂。退之
'记事提要，纂言钩玄'，固古今为学之定法也。"此中"记
事提要，纂言钩玄"一句，出自唐代韩愈《进学解》："纪事
者必提其要，纂言者必钩其玄。"姚鼐说，这是古今为学的
定法，其实也是为早年读书不精的人，指出的一条补救的
路径。

　　成年读书，无论早年读书打下的基础如何，勤奋还是
第一要务。如宋代王应麟《困学纪闻》中所言："康节先生
劝学曰：二十岁之后，三十岁之前，朝经暮史，昼子夜集。"
此中康节先生即宋代邵雍，他说二十岁之后、三十岁之前，
早晨读经书，晚上读史书，白天读子书，夜晚读集书。可
见其对于读书的理解与追求，已经大不同于早年的被动阅
读，而是将读书作为一种自觉的、有计划的行为。

　　再如明代进士杨天祥，《读书法汇》引《广东通志》中
他的读书故事："杨天祥字休征，正德丁丑进士，遗友人书
曰：古人读书破万卷，予自弱冠励志读书，至今十五年，
一年之中，除令节家庆及疾病之日，不过六十日，其三百

日皆诵读，日不下三简，一年不下九百简，十有五年不下一万五千简。方之古人十万卷，仅十之一二。"此中杨氏称"自弱冠励志读书"，已经是二十岁的年龄。此后他坚持苦读十五年，最终达到"读书破万卷"的境界，但他依然感叹，自己读书的数量，还是不及古人十万卷之一二。

成人读书，早年读过的书，往往还需要再读。宋代曾巩《王氏余师录》记载了一段故事："陈后山初携文卷见南丰先生。先生问曰：'曾读《史记》否？'后山对曰：'自幼即读之矣。'南丰曰：'不然，要当且置他书，熟读《史记》三两年尔！'如南丰之言读之，后再以文卷见南丰，南丰曰：'如是足也。'"

成人读书，与少年读书比较，还是各有优势的。比如清代唐彪即认为，真正读书，还是要在成年之后。他在《读书作文谱》中写道："读书能记，不尽在记性，在乎能解。何以见之？少时记性胜于壮年，不必言矣；然尽有少时读书不过十余行，而壮年反能读三四十行；或少时阅书一二张，犹昏然不记，壮年阅书数十张，竟皆能记其大略者。无他，少时不能解，故不能记；壮年能解，所以能记也。"此中唐彪所言，一是说明少年与成年记忆的方式不同，再一是强调读书的时候，成人理解力的重要性，它对于阅读质量的影响，甚至有胜于少年记忆力的作用。

成人读书，世间也有不遵循常人规律的奇才，也有大器晚成的人。比如宋代苏洵，他在《上欧阳内翰书》中写道："洵少年不学，生二十五岁，始知读书，从士君子游。年既已晚，而又不遂刻意厉行，以古人自期；而视与己同列者，皆不胜己，则遂以为可矣。"此文是说，苏洵二十五岁开始读书，既不用功，还以古人的标准要求自己，见到周围的人都不如自己，故而十分自满。接着苏洵继续写道，后来他遇到困难，开始读古人的文章，发现古人的言辞用意，与自己大不相同；自我反思后，他觉得自己还有进步的空间。于是他将自己此前的数百篇文章都烧掉了，开始"取《论语》《孟子》《韩子》，及其圣人贤人之文，而兀然端坐，终日以读之者，七八年矣"。结果，苏洵越读书越入迷，由此经历了一个从惶然、骇然到豁然以明的觉悟过程。

成人读书，"少年不识愁滋味"的时光，不会再有，诸如事务繁忙、心绪烦乱等状态，会终日相随。即使在这样的境况下，坚持读书也是非常必要的。《三国志·吕蒙传》中，有《江表传》记载，孙权问他手下的大将吕蒙、蒋钦：

"你们担此军中重任，还读书吗？"吕蒙说："事情太多，恐怕无暇再读书了。"孙权说："我又不是让你们去做经学博士，只是让你们做事情的时候，坚持读书以推往知来，这样做事才会有所参照。另外你们再忙，还有我忙吗？"接着孙权说道："孤少时历《诗》《书》《礼记》《左传》《国语》，惟不读《易》；至统事以来，省三史、诸家兵法，自以为大有所益。如卿二人意性朗悟，学必得之，宁当不为乎？宜急读《孙子》《六韬》《左传》《国语》及三史！孔子言：'终日不食，终夜不寝，以思，无益，不如学也。'光武当兵马之务，手不释卷；孟德亦自谓老而好学，卿何独不自勉勖哉？"此后，吕蒙遵循孙权的教义，开始认真读书，终日不倦，他的阅读与见识，甚至胜于旧儒们的学问。

此中孙权所引两段故事："光武帝手不释卷，曹孟德老而好学。"其中光武帝故事，见《后汉书·光武帝本纪》：光武帝"王莽天凤中，乃之长安，受《尚书》，略通大义"。曹操故事，见《三国志·魏书》：曹操"是以创造大业，文武并施，御军三十余年，手不舍书，昼则讲武策，夜则思经传，登高必赋，及造新诗，被之管弦，皆成乐章"。他们既是那个时代的英雄，也是勤学善思的典范。

　　再者据《三国志》记载，《诸葛亮集》中，记有刘备写给儿子刘禅的遗诏，列出刘备为刘禅开的书单："可读《汉书》《礼记》，间暇历观诸子及《六韬》《商君书》，益人意智。闻丞相为写《申》《韩》《管子》《六韬》一通已毕，未送，道亡，可自更求闻达。"后来章炳麟指出："及昭烈课子，仲谋教吕蒙，始用《汉书》三史，自是通史致用，遂为通则。"他是说，从刘备、孙权起始，《汉书》等史书被列入书目，自此以后，读史书以致用，才成为读书人通行的准则。

　　成年读书，到了晚年，人们的阅读会发生很大变化。一是可读的书会越来越少，以民国时期的林纾为例，高梦旦在《畏庐三集序》中写道：林纾"自言少时博览群书；五十岁以后，案上只有《诗》《礼》'二疏'、《左》、《史》、《南华》及《汉书》，韩欧之文，此外则《说文》《广雅》，无他书矣"。二是读书的方法，也会随着身体的衰老发生许多变化，比如宋代孙觉《醉翁寱语》中记载："孙莘老喜读书，晚年病目，乃择卒伍中识字稍解者二人，授以句读。每瞑目危坐，命二人更读于旁，终一，则易一人，饮之酒一杯使退，卒亦自喜。可为老年读书法。"还有唐代张参

《渊鉴类函》写道："张参年老，常手写九经，以为读书不如写书。"

我自觉得，他们这样做貌似老而弥坚，其实是因为眼力不行了，看不见了，只能请人阅读，只能独自默写。细想之下，人生确实可怜可悲，可哀可叹。人常言"少壮不努力，老大徒伤悲"，其实在更多的时候，老年的伤悲，是与少壮的努力与否毫无关系的。

多问与多疑

在前面的文章中，我曾引张潮《幽梦影》名句："少年读书，如隙中窥月；中年读书，如庭中望月；老年读书，如台上玩月。"此时又想到刘向《说苑》中，晋平公与师旷的一段对话。平公说："我七十岁还想读书，恐怕已经太晚了。"师旷说："晚了？为什么不点蜡烛？"平公说："你身为人臣，怎能这样说话，戏笑君王呢？"师旷说："盲臣怎敢开君王的玩笑呢？我听说，少年好学，好像早上的太阳；中年好学，好像中午的太阳；老年好学，好像点着蜡烛的明亮。在烛光中行走，与在黑暗中行走比较，哪个更好呢？（盲臣安敢戏其君乎？臣闻之，少而好学，如日出之阳；壮而好学，如日中之光；老而好学，如炳烛之明。炳烛之明，孰与昧行乎？）"平公说："你说得真好啊。"

更让我受益的，还有我的专栏文章陆续发表后，前辈、友朋及读者的反馈。他们或有感而品评，或带着问题与我交流、商榷，令我至为快慰，由此想到"疑问"二字，在读书生活中的重要。

所谓"学问"，由学与问两部分构成。如《周易·文言传》所言："君子学以聚之，问以辩之。"集聚学识重要，提出问题更重要。如《汉书·晁错传》所记，晁错奉诏去做太子的老师，他上书写道："皇太子所读书多矣，而未深知术数者，不问书说也。夫多诵而不知其说，所谓劳苦而不为功。"他是说太子读书很多，但不能"问书"，因此不能"知书"，落于劳而无功的境地。

其实历代贤哲重视问书，甚至有胜于读书本身。列几段经典语录：《尚书》："好问则裕。"董仲舒《春秋繁露》："君子不隐其短，不知则问，不能则学。"刘向《说苑》："君子不羞学，不羞问。问询者，知之本；念虑者，知之道也。"王符《潜夫论》："博学多识，疑则思问。"张载《经学理窟》："有可疑而不疑者，不曾学，学则须疑。"陆九渊《语录》："为学患不疑，疑则有进。"李贽《温陵文集》："学人不疑，是为大病。"魏禧《魏叔子文集》："人不学，不知困；不疑，不能悟。"汪烜《清儒学案小识》："读书不会疑，便是不会读；疑而不能悟，亦是不会读，总是未尝用心去求得之病。"

古人读书献疑，最重要的原则为"实事求是"。此语出自《汉书·景十三王传》："河间献王德以孝景前二年立，修学好古，实事求是。"清代何焯《义门读书记》评价："实事求是，四字是读书穷理之要。"龚自珍《与江子屏笺》进一步说："夫读书者，实事求是，千古同之。此虽汉人语，非汉人所能专。"

此处，说一段刘德的题外故事。刘德搜集善书不惜重金，民间藏家都信服他的美德，纷纷奉上私藏，甚至把先祖的旧书拿出来。因此刘德拥书之巨，"与汉朝等"。当时淮南王刘安也好书，但"所招致率多浮辩。献王所得书皆古文先秦旧书"。民间有"献书王"之誉。

读书献疑，有了实事求是，还要有三个"不能"：

一是不能唯古是尊，如方孝孺《辨疑箴》："不善学之人，不能有疑，谓古皆是，曲为之辞。"魏禧《杂问引》："语曰：信而好古，读古人书，不疑不足以信古也。予不敢废己所疑以信古人，尤不敢自信其疑。"有名的故事，见洪榜《戴先生形状》，戴震年幼时读《大学章句》，问老师："此何以知之为孔子之言，而曾子述之？又何以知其为曾子之意，而门人记之？"老师答："此先儒子朱子所注云。"问："子朱子何时人也？"答："南宋。"问："孔子曾子何时人也？"答："东周。"问："宋去周几何时矣？"答："几二千年矣。"问："然则子朱子何以知其然？"老师无法回答了。

　　有称戴震之问为幼童之思，或曰学者之思的初蒙，那么史上还有"帝王之思"，可供欣赏。清圣祖即康熙帝有《庭训格言》写道："凡看书不为书所愚始善。即如董子所云：'风不鸣条，雨不破块，谓之升平世界。'果使风不鸣条，则万物何以鼓动发生？雨不破块，则田亩如何耕作布种？以此观之，俱系粉饰空文而已。似此者，皆不可信以为真也。"

　　二是不能唯师是尊，如陆九渊《语录》："孔门如子贡即无所疑，所以不至于道。孔子曰：'女以予为多学而识之者欤？'子贡曰：'然。'往往孔子未然之。孔子复有非与之问，颜子仰之弥高，末由也已，其疑非细，甚不自安，所以殆庶几乎？"他是说，在孔子的门生中，子贡因为不善于提出疑问，所以不能抵达先王之道；颜子恰恰相反，所以他近乎成为贤德之人。

三是不能唯己是尊，也就是说，学习不能自以为是，闭门造车。如《尚书·仲虺之诰》："自用则小。"《礼记·学记》："独学而无友，则孤陋而寡闻。"颜之推《家训勉学》中，更是强调"切磋"二字，反对师心自是："盖须切磋，相起明也。见有闭门读书，师心自是，稠人广坐，谬误羞惭者多矣。"

读书时疑问很多，但"疑"也要讲求方法，其要点如：

其一，针对性。如上文谈到，晁错批评太子读书方法有误。那么身为皇太子，他首先需要"疑问"什么呢？晁错列出四项内容："故人主知所以临制臣下而治其众，则群臣畏服矣；知所以听言受事，则不欺蔽矣；知所以安利万民，则海内必从矣；知所以忠孝事上，则臣子之行备矣。"为此晁错受到皇上的赞扬，拜为太子家令，他也被太子家尊称为"智囊"。

其二，信古与疑古之争，由来已久。远在宋代，如冯班《钝吟杂录》所言："夫子曰：'信而好古。'宋人读书，未闻好古，只是一肚皮的不信。"但无论信或疑，都要以敬畏之心作为基础。魏禧《里言》说:"读古人书,好附和、翻驳,皆病也。能以敬畏古人之心而披其疵,则几矣。"讲的是一味附和或全面否定,都不是好的做法;而以敬畏之心提出问题,才是可取的学习态度。

梁启超先生讲学,最提倡怀疑精神,认为所有的研究方法,诸如发生问题、搜集资料、鉴别资料、整理资料、判断问题等,都要以"怀疑"二字为引导,不能唯古是从。他在《治国学的两条大路》中引先辈言曰:"故见自封,学者之大患。"接着又举例:"天圆地方"不是问题,到哥白尼却成了问题;"人为万物之灵"不是问题,到达尔文却成了问题;"人欲净尽,天理流行"不是问题,到戴东原却成了问题;苹果落地、开水掀壶盖不是问题,到牛顿、瓦特却成了问题;《古文尚书》《太极图》不是问题,到阎百诗、胡胐明却成了问题。

再者读名著,梁氏也有客观判断,值得记忆:其一,万斯大《周官辨非》、阎若璩《古文尚书疏证》、胡渭《易图明辨》、康有为《新学伪经考》、崔适《史记探源》,"这几部书发现问题何等大胆,判断问题却有不甚谦谨之处,不可学";其二,赵翼《廿二史劄记》、俞正燮《癸巳类稿》、陈澧《东塾读书记》，"他们对于资料之搜集整理何等辛勤"；其三，王引之《经传释词》《经义述闻》、俞樾《古书疑义举例》，"看他们怎样驾驭资料，且所下判断何等谨慎"。

由此想到，章炳麟先生也有一段品评古书的文字，笔法与梁氏类同，见识也不得了。见《华国月刊》中学国文书目，其中谈道："唐李德裕谓其家不蓄《文选》，恶其浮华，语虽过激，于今日则正为针砭。……文史诸书，如《史通》《文史通义》等，今亦不采者，所求乎学子，在其深造以致远，不欲其语高而长傲也。"

读史与畏史

　　明代吕坤，面对当时书籍混乱的现象，将图书分为九类：全书、要书、赘书、经世之书、益人之书、无用之书、病道之书、杂道之书和败俗之书。其中"全书"只有两部：《十三经注疏》与《二十一史》，被列为群书之首。本文按下经书不表，先说史书的故事。

　　在经史子集中，史书登堂入室，始见于三国刘备与孙权的两段故事。刘备去世前，给儿子刘禅留下遗言，其中包括一个书单，有《汉书》；孙权与大将吕蒙等人，谈自己的读书经历，也列出一个书单，包括"三史"。章炳麟先生说："自是通史致用，遂为通则。"

　　在先儒的观念中，读史有多重要呢？我们接着听章先生的观点："人不习史，端者不过为乡里善人，庸者则务在衣食室家，而尚奇者或为乱政之魁，清末至今，其弊可见。"章先生这段话说得很重，但并非独家之见。如明末清初魏禧，曾在《里言》中写道："人不可不读史，未读时，觉自己尽高，七尺之躯昂然独上。及见前代人物，忽不觉矮矬极了，大地之宽，竟毫无立足之地。"

　　他们为什么把读史一事，说得如此重要呢？魏禧举例谈到，比如先人有"读书使人心粗"之句，其实它的病根不是读书，而是不读史或读史不精。魏禧在《与彭中叔》中写道："先儒云：读书使人心粗，如云过独木桥易使跌；是要人细心读史之意，非谓桥不须过。后人误认此语，有志道学者，只看性理语录，史书置之高阁；即或涉猎，几等稗官小说而已。"接着魏禧又以宋代伊川（程颐）读史为例："伊川每读史到一半，便掩卷思其成败，然后再看；有不合处，又更思之。其间有幸而成，不幸而败者，不独徇其已然之迹与众人之论。此正是怕心粗处。"

　　读史重要，因此历代留下许多苦读史书的故事。帝王读史如宋高宗，有记执政徐俯，曾劝高宗读《光武帝纪》。有一天，高宗将抄写好的《光武帝纪》送给徐俯，并说道：

"卿劝朕读《光武纪》，朕思读十遍，不如写一遍。今以赐卿。"戒子读史如曾国藩，他在《家书》中告诫儿子，读《汉书》不必受困于精粗之说，每日必须看二十页，切不可今日半页，明日数页云云。"如煮饭然，歇火则冷，小火则不熟，须用大柴大火乃易成也。"更夸张的读史，见于明代陈继儒《读书十六观》记载，宋代苏舜钦夜读《汉书·张良传》，要准备一斗酒，"至良与客狙击秦皇帝，抚掌曰：'惜乎击之不中！'遂满饮一大白。又读至良曰：'始臣起下邳，与上会于留，此天以授陛下。'又抚案曰：'君臣相遇，其难如此！'复举一大白"。

读史最刻苦的人，还要首推苏轼。有人问苏轼："先生博学广识，我们可以做到吗？"苏轼说："可以啊，我读《汉书》，要读很多遍才能完成。比如治道、人物、地理、管制、兵法、货财之类，每读一遍，针对一件事情，几遍之后，就会事事清楚了。所谓'叁伍错综，八面受敌，沛然应之而莫御焉'。"

《耆旧续闻》中，记载苏轼读史："东坡谪黄州，日课手钞《汉书》，自言读《汉书》凡三钞：初则一段事钞，三字为题；次则两字；今则一字。朱司农载上谒坡，乞观其书，坡云：'足下试举题一字。'公如其言，坡应声辄诵数百言，无一字差缺。凡数挑皆然。"

前述先贤讲读史，其中多有涉及方法之论。因为史书篇幅浩繁，路径崎岖，读者难进难出，因此研读史书的方法至为重要，对此历代先儒表述极多。此处略举六段：

其一，读史要全面观照，不可专于一家。唐代刘知几《史通杂说》强调，读史不可"习于太史者，偏妒孟坚……论《史》《汉》者，则不悟刘氏云亡，而地分三国；亦犹武陵隐士，灭迹桃源，当此晋年，犹谓暴秦之地"。对此，清代浦起龙按语："此条谓读书不可颛泥一家，局护偏遗，自亦一病。"

其二，读史要有条理。宋代俞成《萤雪丛说》写道："历事几主？历任几官？有何建立？有何献明？何长可录？何短可戒？传中有何佳对？此贾挺才先生记史法也。"宋代王楙《野客丛书》写道："凡读史，每看一传，先定此人是何色目人，或道义，或才德，大节无亏。人品既定，然后看一传文字如何。全篇文体既已了然，然后采摘人事可为何用。奇词妙语，可以佐笔端者记之。如此读史，庶不空遮眼也。若于此数者之中，只作一事功夫，恐未为尽善耳。"

其三，读史要循序渐进。元代许衡《性理大全》写道："阅史必且专于一家，其余悉屏去。候阅一史毕，历历默记，然后别取一史而阅之。如此有常，不数年诸史可以备记。苟阅一史未了，杂以他史，纷然交错于前，则皓首不能通一史矣。"

其四，读史要尊重史书记载。清代王鸣盛《十七史商榷》写道："大抵史家所记典制，有得有失，读史者不必横生意见，驰骤议论，以明法戒也；但当考其典制之实，俾数千百年建置沿革了如指掌。其事迹则有美有恶，读史者不必强立文法，擅加与夺，以为褒贬也；但当考其事迹之实，年经事纬，部居州次，记载之异同，见闻之离合，一一条析无疑，而若者可褒可贬，听诸天下为公论焉可矣。"

其五，读史与读经，有何异同、谁先谁后呢？清代张潮《幽梦影》写道："经传宜独坐读，史鉴宜与友共读。……先读经，后读史，则论事不谬于圣贤；既读史，复读经，则观书不徒为章句。"

其六，读史不可玩物丧志。清代王夫之《俟解》写道："读史亦博文之事，而程子斥谢上蔡为玩物丧志，所恶于丧志者，玩也。玩者，喜而弄之之谓。如《史记·项羽本纪》及窦婴灌夫传之类，淋漓痛快，读者留连不舍，则有代为悲喜，神飞魂荡而不自持。于斯时也，其素所志尚者，不知何往，此之谓丧志。以其志气横发，无益于身心也。岂独读史为然哉！"

谈读史方法，由此及彼，似可通论，但只有司马迁《史记》不同，其地位崇高，不可泛泛而论。更多先人，并未将其单纯当史书来读，如清代冯班《钝吟杂录》所言："今人读《史记》，只是读太史公文集耳，不曾读史。"对此本文略举三例：一是唐代柳宗元，在《答韦中立书》中谈到，书籍可以分为取道与参悟两类，柳氏将《史记》归于后者，称"参之《太史》以著其洁"。柳氏还在《报袁君陈秀才避师名书》中谈写作，再称"穀梁子、太史公，甚峻洁，可以出入"。二是宋代徐积，读《史记·货殖列传》，见到"人弃我取，人取我与"一句，于是悟到作文之法。三是清代黄本骥，在《读文笔得》中写道："《项羽本纪》是史公极得意文字，班掾采入《汉书》，节去二千六百八十三字。《史记》多字处有多字之妙，《汉书》少字处有少字之妙：多者逸，少者遒。"

　　中国数千年历史中，帝王将相，素有喜好读史的传统。前文提到的刘备、孙权及宋高宗即是。还有石勒故事，《晋书·石勒载记》有记，石勒不知书，却喜欢让别人给他诵读《汉书》，听到郦食其劝刘邦立六国，石勒惊呼失策，如此还能得天下吗？听到张良谏止，石勒才舒了一口气。梁元帝萧绎是一个异数，他读书极多且有高见，如在《金楼子》中说："正史既见成败得失，此经国之所急。'五经'之外，应以正史为先。"但他本人却治国无方。遭到魏军围城时，"乃聚图书十余万卷尽烧之"，足见其书之多。《南史》评价萧绎："口诵'六经'，心通百氏，有仲尼之学，有公旦之才，适足以益其骄矜，增其祸患，何补金陵之覆没，何救江陵之灭亡哉！"

读经与尊经

　　本文言及经书，主谈中国古代儒学经典，如"五经""六经""九经""十三经"，有《易经》《诗经》《书经》《礼经》《孝经》《春秋经》云云。它们经过数千年时光，一直为历代读书人推崇。

　　经书被誉为圣人之书，正如《宋史·田锡传》有记，田锡在《御览》序文中写道："圣人之道，布在方册。'六经'则言高旨远，非讲求讨论，不可测其渊源。"再有，南北朝颜之推《家训治家》写道："吾每读圣人之书，未尝不肃静对之，其故纸有'五经'词义，及贤达姓名，不敢秽用也。"

　　经书被称为至善之书，《魏书·李先传》有记，北魏太祖拓跋珪问李先曰："天下何书最善，可以益人神智？"先对曰："唯有经书。三皇五帝治化之典，可以补王者神智。"又问曰："天下书籍，凡有几何？朕欲集之，如何可备？"对曰："伏羲创制，帝王相承，以至于今，世传国记、天文秘纬不可计数。陛下诚欲集之，严制天下诸州郡县搜索备送，主之所好，集亦不难。"太祖于是班制天下，经籍稍集。

经书被推为群书之首，历代儒生始终把它们放在阅读的第一位。明代吕坤将书籍分为九类，第一类"全书"，即有《十三经注疏》，第二类"要书"，依然有《四书六经集注》。清代学者重视读经，如邵长蘅《与魏叔子书》言："读书莫先于治经。愚意欲画以岁月，《易象》、《诗》、《书》、《春秋》、'三礼'诸书，以渐而及。"方东树《汉学商兑》有记钱大昭言："读书以通经为本，通经以识字为先。"王鸣盛《问字堂集序》亦言："夫学必以通经为要，通经必以识字为基。"所说完全一致。

经书被视为做人的准则。晋代束皙《读书赋》中唱道："颂《卷耳》则忠臣喜，咏《蓼莪》则孝子悲，称《硕鼠》则贪民去，唱《白驹》则贤士归。是故重华咏诗以终己，仲尼读《易》以终身，原宪浅吟而忘贱，颜回精勤以轻贫，倪宽口诵而芸耨，买臣行吟而负薪。圣贤其犹孳孳，况中才与小人！"

经书被历代儒生珍爱，古代典籍"五经巾箱本"，正是读书人尊崇经书的产物。《南史·萧钧传》有记：钧常手自细书写"五经"，部为一卷，置于巾箱中，以备遗忘。侍读贺玠问曰："殿下家自有坟素，复何须蝇头细书，别藏巾箱中？"答曰："巾箱中有'五经'，于检阅既易，且一更手写，则永不忘。"诸王闻而争效为巾箱"五经"，巾箱"五经"自此始也。

其实先人读书，实为一种精神的追求与信仰。清代冯班《钝吟杂录》即写道："多读书，则胸次自高，出语皆与古人相应，一也。博识多知，文章有根据，二也。所见既多，自知得失，下笔知取舍，三也。"再有，《北史·崔儦传》记道，崔儦自负才学，在自家门上写着："不读五千卷书者，无得入此室。"

读经有五个要点需要注意：

其一，经书由多部著作组成，不同著作特质自然不同。对此历代学者多有论说，略记如下：柳宗元《答韦中立书》

说："本之《书》以求其质，本之《诗》以求其恒，本之《礼》以求其宜，本之《春秋》以求其断，本之《易》以求其动，此吾所以取道之原也。"《宋元学案》有记，元代李存读"五经"称："此心苟得其正，则所谓《书》者此心之行事，《诗》者此心之咏歌，《易》者此心之变化，《春秋》者此心之是非，《礼》者此心之周旋中节。至孝友睦姻任恤，皆此心之推也。"清代唐彪《读书作文谱》称："凡书有纲领，有条目，又有根因，有归重。如《春秋》为纲，三《传》为目；《大学》圣经首节是纲，'明明德'两节是目。"袁枚《答惠定宇书》称："虽舍器不足以明道，《易》不画，《诗》不歌，无悟入处。而毕竟乐师辨乎声，《诗》则北面而弦矣。商祝辨乎丧，《礼》则后主人而立矣。"

其二，读经要反复阅读，不厌其烦。南北朝梁元帝萧绎《金楼子》称："凡读书必以'五经'为本，所谓非圣人之书勿读。读之百遍，其义自见。"萧绎此语，后人引用最多，如宋代苏辙《栾城先生遗言》称："公曰：读书百遍，经义自见。"朱熹《童蒙须知》称："古人云：读书千遍，其义自见。"清代李光地《李榕村集》称："读经者且不要管他别样，只教他将一部经，一面读，一面想。用功到千遍，再问他所得便好。"

　　其三，经书一定要精读。梁启超先生《治国学杂话》即把读书分为精读与涉览两类，并称"诸经、诸子、四史、《通鉴》等书，宜入精读之部"，读者需要字斟句酌。比如一个"仁"字，宋代朱熹《朱子语类》写道："如《扬子》于仁也柔，于义也刚；到《易》中又将刚来配仁，柔来配义。《论语》学不厌，智也；教不倦，仁也。到《中庸》又谓成己仁也，成物智也。"再如明代薛瑄《读书续录》写道："经书中有字同而义异者：如《易·泰卦》，'泰'乃亨泰之义；《论语》'君子泰而不骄'，'泰'乃舒泰之义；《大学》'骄泰以失之'，'泰'乃侈肆之义。……经书字如此类者，字同而义异，读者当各即其义而观之，不可以字泥也。"

　　其四，读经要日积月累，不能想一蹴而就。《宋元学案》有记郑耕老《读书说》，他将"六经"及《论语》《孟子》《孝经》字数一一列出，合计四十八万九十字。"且以中材为率，若日诵三百字，不过四年半可毕；或以天资稍钝，中材之半，日诵一百五十字，亦止九年可毕。苟能熟读而温习之，使入耳著心，久不忘失，全在日积之功耳。"

　　其五，虽然经书有称"圣人之言"，并且孔子读前贤经典，也会"述而不作"；但后学也不能盲目尊崇，无所作为。正确的认识有三条：一是要有疑，敢疑。清代江藩《汉学师承记》写道：阎若璩"年二十，读《尚书》至古文，即疑二十五篇为伪"。二是要独立思考，如《宋元学案》有记李潜所言："读书不要看别人解，看圣人之言易晓，看别人解则欲惑。"三是要敢于走出经书的藩篱，开阔阅读视野。宋代王安石《答曾子固书》即说："读经而已，则不足以知经。故某自百家诸子之书，至于《难经》《素问》《本草》诸小说，无所不读；农夫女工，无所不问；然后于经为能知其大体而无疑。"又见清代陆世仪《思辨录》有记："晦庵诗有云：'书册埋头何日了，不如抛却去寻春。'此晦庵著述之暇，游衍之诗也。凡人读书用工，或考察名物，或精研义理，至纷赜难通，或思路俱绝处，且放下书册，至空旷处游衍。一游衍忽地思致触发，恚然中解，有不期然而然者，此穷理妙法。"

　　很多人读经不得其入，却以陶渊明"不求甚解"之说遮掩。冯班《钝吟杂录》有记："陶公读书，止观大意，不求甚解；所谓甚解者，如郑康成之《礼》，毛公之《诗》也。

世人读书，正苦大意未通耳，乃云吾师渊明，不惟自误，更以误人。"对此，《晋书·刘乔传》中一段故事写道：右丞傅迪好广读书而不解其义，刘柳却只读《老子》一本书。傅迪瞧不起刘柳，说他读书少；刘柳反驳说："卿读书虽多而无所解，可谓书簏矣。"

当然，读书难入路径的人，也可以试用林纾先生的办法，他在《小儿语述义》中写道："读圣贤书不当作文章看，当作饮食衣服足以救我饥寒看，方能切心。若口里诵，耳里听，心里忘，纵使长年伏案，亦得不了一毫益处。"

II

读书的方法

朱熹读书法

南宋朱熹，世人公认的一代大儒。何言公认呢？自南宋以降，他就被称为继孔子之后最伟大的教育家；他还被列在孔子文庙十二哲之中，其他十一位先哲都是孔子的亲传弟子。还有何言其大呢？近年整理出版的《朱子全书》，竟然有 1436 万字之巨。面对如此伟人，如此巨著，我们了解他，学习他，该从哪里入手呢？我们的兴趣点又在哪里呢？

朱熹的故事很多，也很传奇。《尧山堂外纪》有记，他的父亲朱韦斋，酷信地理，尝招山人择地，问富贵何如。其人久之，答曰："富也只如此，贵也只如此，生个小孩儿，便是孔夫子。"后来生下的朱熹，果然成为一代大儒。《宋史·朱熹传》有记，朱熹刚会说话时，父亲向上指说："这是天。"朱熹问："天的上面是什么呢？"朱熹开蒙时读《孝经》，他在书上题写："不若是，非人也。"还有一次朱熹与群童玩沙土，独自在那里画沙，人们一看，他画的是八卦图。

不过此时，我对朱熹的兴趣，却是他的学生辅广编纂、张洪等增补的《朱子读书法》。此书以"纲领"一节开篇，接着给出朱熹"读书六法"：循序渐进、熟读精思、虚心涵泳、切己体察、着紧用力与居敬持志。编者在深入研究朱子理论的基础上，分门别类，摘抄朱熹关于"读书法"的言论。其内容与《朱子语类》比照，相同之处不足五分之一。后世学者对这部"摘录"评价极高，《四库提要》称"而条分缕析，纲目井然，于朱子一家之学亦可云覃思研究矣"。钱穆《学籥》称"朱子教人读书法，其实人人尽能，真是平易，而其陈义之深美，却可使人终身研玩不尽，即做人道理亦然，最美好处，亦总是最平易处也。"徐复观称赞朱熹"真是投出他的全生命来读书的人，所以他读书的经验，对人们有永恒的启发作用"。余英时在《我们今天怎样读中国书》中，称"朱子不但现身说法，而且也总结了荀子以来的读书经验，最能为我们指点门径"。

　　一册薄薄的摘抄之书，竟能获得如此之高的评价，它究竟高明在哪里呢？在这里，我们不妨按照章节，摘取朱熹的语录如下：

　　纲领：读书的目的是什么？就是弄明白做人的道理。虽然做不同的事有不同的道理，如治家有治家的道理，做官有做官的道理，其实它们像水一样，遇圆则圆，遇方则方，遇大则大，遇小则小，但无论如何变化，都还是水，道理可以归于一理。这个道理从何而来呢？首先你不可能事事经历，况且先贤的时代，也已经离我们越来越远。所以先贤的道理，只能从他们的书本中学到。其次读书只有读先贤的书，才能得到有意义的知识与借鉴，读俗人的书是没有用处的。读书的作用是什么？张载说："读书能一举两得，一边能领悟道理，一边又能涵养心性。怎么可以践踏经传典籍，视之为糟粕而不去读呢？"读书的方法是什么呢？"读书之法又当沉思，反复涵泳，铢积寸累，久当见功。不惟明理，心亦自定。"读书的态度是什么？读书必须正心，肃容；少看，熟读；几案洁净，书册整齐；正身体，对书册，详缓看字，仔细分明。

　　循序渐进：包含两点，一是读群书要有先后次序，二是读书中的内容也要有先后次序。读"四书"，要先读《大学》，后读《论语》与《孟子》，最后读《中庸》。读"五经"，要先读《诗经》《书经》《礼经》与《乐经》，再读《易经》。读《易经》，还要先从"十翼"入门。读史书，要先读《史记》与《左传》，然后读《汉书》《后汉书》与《三国志》，再后读《通鉴》。读书要字字理会，不可悠闲自在，也不必忙乱不堪。读书要专一，不可读《论语》时想着《孟子》，读此一章时想着彼一章。读书要深入，如看一栋房子，不可止于外观，必须进入堂奥。读书要仔细，如浇灌一个园子，不可蜻蜓点水，忙急而治之，必须根株而灌之。读书不能图快，如铲除一片荒草，要连根拔除，不可图快，否则还要返工。

　　熟读精思：读书讲求烂熟之美，如荀子所说"诵数以贯之"。即使是一个愚钝的人，五十个字要读三百遍才能记熟的人，日积月累，最终也能学成。读书如攻城，不一定要四面围攻；将一面攻破，其他三面皆破。像苏洵读书，只读《孟子》与《韩子》，也能够阐释出那么多学问。读书只求毫发之间，如"遇危木桥子，相去只在毫发，才失脚便

跌落桥下，用心极苦"。读书"须入里面猛滚一番，要透彻
方能解脱"。读书要像酷吏断案那样严格，要像法家学说那
样苛刻。读书如捉贼，要仔细查验细节，不能只看大致轮
廓。读书如去皮见肉，去肉见骨，去骨见髓。读书要"关
了门，闭了户，把断了四路头，此正读书时也"。读书如张
载所言，"文要密察，心要宏放"。读书要比照各家异同。
读书要先弄懂三五处，其他问题就会迎刃而解。读书要有
不同角度，不能只有一面之见，一孔之见。读书不可落于
偏僻，要四通八达。读书既要关注核心，又不能不计四边。
读书不可悠游和缓。读书不要急于自己立说，要重点记住
先贤的观点。读书要得到言外之意。读书如饮药，一服不
行，需要一服接着一服。

　　虚心涵泳：读书不可有自家私意，要一心一意理解先
贤的文章。读书要虚心平气，悠然玩味，不可"以意逆
志"。读书不可率然穿凿，荒于稽考。读书要达到"口诵心
得，如诵己言"。读书要静心平视，内心空明，不可以己意
度他人。读书如吃食物，不可肚里未饱，却鼓腹向人说饱。
读书要虚心，一字是一字，使不得半点杜撰。读书要讲求
"博学之，审问之，慎思之"。读书如辨五音五色。读书要

以圣贤之义观圣贤之书，以天下之理处天下之事。读书宁可失之拙，不可失之巧，宁可失之卑，不可失之高。

切己体察：读书追求专一，专一就是敬。读书追求平正，道理自在；道理要向大处看，不要钻到壁角里去。读书不可只在纸上求义理，须反来从自家身上推究。入道之门，是将自己入那道理中，渐渐相亲，与己为一。读书须要将圣贤言语体之于身，如"克己复礼"，如"我欲仁，斯仁至矣"。读书以身体之，以心验之，从容自尽于燕闲静一之中。读书要讲求"诚、敬二字，是涵养他底"。

着紧用力：读书时当将此心葬在此书中，行住坐卧，念念在此，誓以必晓彻为期。欧阳修读书有"三上"之说，他还只是做文章，何况求道乎？朱熹痛斥学生读书悠闲自在，称之为"大病"。读书最怕因循。读书如救火，如治病，如撑上水船，一篙不可放缓。

居敬持志：读书要先体印《玉藻》九容，即足容重、手容恭、目容端、口容止、声容静、头容直、气容肃、立容德、色容庄。读书要先定心，如止水，如明镜。读书要专静纯一，如北宋赵康静公，他读书时，以白豆与黑豆标记自己心中的善念与恶念，每生一念，则投一豆到碗中。开始碗中黑豆多，逐渐白豆增多，再后来白豆也少了。读书要从第一遍就认真，不可期望再读时记忆，如一位读书人读《周礼》，他熟读一页就烧掉一页，即似破釜沉舟。

写到这里，意犹未尽，种种金石之言，犹在耳畔回响。书中说，《春秋》最难读懂，病弱之人更不要去读。书中说，如今圣人已远，天下无师。书中还记着朱熹读书座右铭：敛身正坐，缓视微吟，虚心涵泳，切己体察，宽着期限，紧着课程。研精覃思，以究其所难知；平心易气，以听其自得。

读书十六观

　　点数古代关于读书方法的著作，明代陈继儒《读书十六观》一定在列。说来这也是一段奇事，其一奇在它并未独立成书，陈继儒刻"宝颜堂秘笈"传世，收唐代以降书籍二百二十九种，分正、续、广、普、汇、秘六集，其中秘集又称"眉公杂著"，内有《书画史》一卷，《读书十六观》即在此中。清代《四库全书》收录此书时，《提要》称："此编尝刻入'秘笈'中，与《书画史》误合为一，今析出别著于录焉。"其二奇在此书篇幅极短，十六段文字，总共不到两千字，却备受后人推崇。其三奇在陈继儒编纂的《读书十六观》，除了两段极短的前后记，正文只是择取前人读书的嘉言故事，述而不作，却成为一册名著，更是奇中之奇了。本文做一点人与书的解说。

　　先说人。陈继儒出身寒门，他二十岁考中秀才，此后
参加两次举人考试均落第。二十九岁时，他将儒冠儒服烧
掉，决心与考场功名绝缘，归隐山林，读书作画，广结名
士。有称论艺术造诣，陈继儒与沈周、文徵明、董其昌，
方为明代四大家。董其昌与陈继儒为同乡，两人亲密无间。
董其昌曾建"来仲楼"，"仲"来自陈继儒字"仲醇"。陈继
儒《祭董宗伯文》写道："少而执手，长而随肩。函盖相合，
磁石相连。八十余岁，毫无间言。山林钟鼎，并峙人间。"
徐霞客与陈继儒为忘年交，"霞客"别号，也是陈继儒所
取。陈继儒文字清新飘逸，留下许多著作，如《古今图书
集成》大量征引陈继儒著作，《四库全书》收录陈继儒著作
三十一种，均入存目，还有禁毁两种《白石樵真稿》《晚香
堂集》。他的《小窗幽记》最有名，与洪应明《菜根谭》、
王永彬《围炉夜话》并称"处世三大奇书"。再者明代"山
人"极多，如钱谦益《列朝诗集小传》，记载明代山人近百
名。《明史·隐逸传》共收录十二位隐逸之士，收录标准为
"至少拒绝国家征聘一次者"，如倪瓒、沈周等，其中只有
两位山人入选：陈继儒与孙一元。

　　陈继儒逸闻很多，明代张岱《自为墓志铭》有记：张岱六岁时，随祖父张汝霖到武林，见到陈继儒骑着一头角鹿，在钱塘游玩。陈继儒对张汝霖说："听说你的孙子张岱擅长作对子，我当面试一下。"他指着《李白骑鲸图》说："太白骑鲸，采石江边捞夜月。"张岱对道："眉公跨鹿，钱塘县里打秋风。"眉公是陈继儒的号，他听罢大笑，跳起来说："那得灵隽若此！吾小友也。"还有清代毛祥麟《对山书屋墨余录》记载，陈继儒去世前，用名香煎汤沐浴，然后医士许龙湫把他抱到床上说："先生将要羽化而去了，身子这样轻。"陈继儒让人拿来笔纸写道："大殓小殓，古礼拘束。后之君子，殓以时服。我其时哉，毋用纨縠。长为善人，受用永足。"写毕投笔而逝。

　　再说书。《读书十六观》，何以称"十六观"呢？陈继儒说："盖浮屠氏之修净土有《十六观经》而观止矣！"佛经《十六观经》，即《观无量寿经》，与《阿弥陀经》《无量寿经》合称净土三部经。它的内容包括日观、水观、地观、树观、池观、总观、像观、佛观、观音观、势至观、普观、杂想观、上辈观、中辈观、下辈观。陈继儒仿此作《读书十六观》，两者只是条目的数量相同，内容并无关联；他的本意，旨在称赞嗜古者及典籍癖好者的情操。如他自己所言："吾读未见书如得良友，见已读书如逢故人。"陈继儒正是带着这样的情趣，摘取前辈读书大家的名句，化解自己胸中未尽之言的块垒。陈继儒说，他写完《十六观》后，做了一个梦，梦见一位自称斫轮翁的老人，抚摸着他的后背说："尽信书不如无书。"此语出自《孟子·尽心下》，意为读书不要拘泥或迷信于书本。斫轮翁的故事，见于《庄子·天道》，是说齐桓公在堂上读书时，与堂下制作车轮的人的一段对话，大意是说人生许多经验，来源于实践，在书本中是学不到的。这也是陈继儒撰写《读书十六观》，摘取前人观点的宗旨。

《读书十六观》的写作格式很简单，基本是先引一段前人的言论或故事，然后附一句"读书者当作此观"。本文略释如下：其一，读书不要贪多，读一字要实行一字。程颐说："读得一尺不如行得一寸。"其二，松声、涧声、山禽声、夜虫声、鹤声、琴声、棋子落声、雨滴阶声、雪洒窗声、煎茶声，都是人世间至为清雅的声音，但读书声还要比它们更为清雅。尤其是自家子弟的读书声，更令人欣喜。再者天下的事情都有利害存在，只有读书这件事情是有利无害的。其三，宋代有人预言范质将来会身居高位，范质说那他更要发奋读书了，不然上了高位不学无术怎么行。其四，沈攸之说既然贫富天定，还不如读十年书（早知穷达有命，恨不十年读书）。叶梦得说他的子孙能读书，做个乡里的好人就足够了。其五，孙蔚家世代藏书，远近乡里来读书的人，经常有百余位，孙蔚还为他们安排食宿。其六，苏轼的读书法，讲求反复阅读，带着问题阅读，突破一点阅读，还讲求八面受敌，不能走马看花。其七，董遇平常总是将经书带在身上，有空就拿出来阅读，他主张"先读百遍，而义自见"。苏辙说："看书如服药，药多力自行。"其八，江禄爱护图书，从不让书破损，所以别人愿意借书给他。齐王攸借书看时，会将书中的错误一一标注出来，再还给人家。其九，南朝刘显有"学府"之称，但他叹服孔奂的学问，说要效仿蔡邕与王粲故事，将自己的藏书都送给孔奂。其十，宋代苏舜钦读《汉书·张良传》，每读到感慨处，便会拍案叫绝，饮一大杯酒。每天晚上读书到深夜，能喝掉一斗酒。其十一，黄涪翁说，见到书籍被毁坏，谁都会感到惋惜；而见到饱读诗书的人受难，却没人怜悯（是贤纸上之字而仇腹中之文），太可悲了。其十二，北齐郎基清为官清廉谨慎，连一个木枕都不置办，但他却让人抄写很多书籍。有人批评他犯了附庸风雅的罪过（在官写书，亦是风流罪过）。他回答说，观察一个人的过错，可以知道他的品行，所以就算我附庸风雅，也不是什么大不了的事情。其十三，朱熹说，前人抄写《汉书》《公羊传》《谷梁传》，不辞辛苦。今人抄书都感到麻烦，读书更是简略草率，不求甚解了。其十四，陈子兼说，读《窦婴传》《灌夫传》《田蚡传》，其中使酒骂座，口语历历，如在眼前，好像灵山聚会，还未散去（灵山一会，俨然未散）。其十五，赵季仁说，平生有三个愿望，一是结识天下好人，二是阅尽天下好书，三是看遍天下美景。罗景纶说，这怎么可能呢？一个人能不放过自己亲历的事情，就已经很好了。其十六，颜之推说，每次读圣贤的书，他都会衣冠整洁，肃然起敬，如果废纸上有"五经"辞义或圣贤的名字，他都不敢拿来接触污秽的东西。司马光对儿子说，商人喜爱金钱，儒生喜爱书籍。如今佛道两家都知道尊敬他们的典籍，我们儒家反而不如他们了吗？赵子昂说，收藏书籍并不是一件容易的事情，善于读书的人，要精神专注，清除杂念，书案整洁，焚香静气，读书时不能翻卷书脊，不能在书角处折页，不能用手指侵碰文字，不能用手沾唾液翻书页，不能把书当作枕头，不能在书中夹带名片，书籍破损要随时修补，不看书时要把书合上。

陈继儒的语录式文风，于《小窗幽记》达到巅峰，有称其非陈氏原作，其前身为陆绍珩《醉古堂剑扫》，此为题外话。《小窗幽记》十二章，博采精华，妙语连珠，至今让人赞叹不已。如："情最难久，故多情人必至寡情。性自有常，故任性人终不失性。""志要高华，趣要淡泊。""中庭蕙草销雪，小苑梨花梦云。"王家卫电影《一代宗师》，台词精妙，多有化用《小窗幽记》的文字，让人惊艳不已。

古代私塾的读书工程

远在一三三五年，时为元朝天下，有一部号称"读书工程"的著作，刊刻于甬东家塾。这是一本类似于今日"教学大纲"的书，作者身处元代文化多元的社会状况之中，针对当时社会基础教育的混乱状况，上承《朱子读书法》，兼采历代儒生学习精华，结合自身教学实践，历经二十年增删修订，最终完成这部三卷本的著作。它就是程端礼《程氏家塾读书分年日程》，以下简称《日程》。

程端礼，字敬叔，号畏斋，元鄞县人。他生于南宋咸淳七年，即元朝统一中国前九年。他的父亲程立是宋代进士，宋亡后，多次受到元代朝廷举荐，但他终究不肯丢失气节，身事二姓，实有江南儒士风度。再者那一代文人担忧文化断绝，许多人投身教育事业。早年程端礼，正是在这样的环境中成长。《元史·儒学传》中，记有程端礼与弟弟程端学的事迹，说他"幼颖悟纯笃，十五岁，能记诵'六经'，晓析大义"。但元朝统一中国后，迟迟不开科举之门，令青年一代苦闷万分，程端礼即有诗《春日》云："年少逢春日，欢呼喜欲狂。随人折花柳，约伴钓池塘。三十忽在眼，万愁摧我肠。至今春日至，转觉意茫茫。"无奈之下，他只好沿袭前辈遗风，开办学馆，教习后学。后来他有幸成为学官，名声渐起，学生甚众，曾为稼轩书院、江东书院山长。时人评价程氏兄弟二人的学问，有称其为"洛下二程再现"及"后二程"，如元张仲深《哀故程敬叔》云："敬叔、时叔兄弟齐名，人称为后二程。"说他们学理深厚，直追程颐、程颢。清代王呈祥《尊经阁祀典录》有记，当时的书院中，曾经供有程端礼的牌位，其地位仅次于朱熹。据载泰定年间，元文宗尚未继位时，曾经派遣身边的子弟，向程端礼学习儒学，还赐予他贵重的礼物。

再说程端礼师承，他早年师从史蒙卿，史氏是小阳与大阳的学生，阳氏是爱渊的学生，而爱氏是朱熹的亲传弟子。如此一脉下来，程端礼做学问，一直对朱熹顶礼膜拜。

比如《四库全书》从《永乐大典》中，辑录出程端礼《畏斋集》六卷，《四库提要》写道，程端礼将朱熹尊为群学之宗，离开了朱熹的学说，"律而坏，词而绝。自朱子出，而古诗遗意复见。盖朱子之学不在乎诗，故其作有自然之妙，讽咏劝惩之实"。显然程端礼对朱熹的赞誉过重，所以《四库提要》评道："以晦庵一集律天下万世，而诗如李杜，文如韩欧，均斥之以衰且坏。此一家之私言，非千古之通论也。"

《四库全书》还收录程端礼的另一部著作，即《程氏家塾读书分年日程》。此书对朱熹教育思想推崇备至，是完全依据《朱子读书法》编写的家塾教学纲要，并在序文中赞道："盖一本辅汉卿所粹《朱子读书法》修之，而先儒之论有裨于此者，亦间取一二焉。嗟夫！欲经之无不治，理之无不明，治道之无不通，制度之无不考，古今之无不知，文词之无不达，得诸身心者，无不可推而为天下国家用。"《元史》还写道："所著有《读书工程》，国子监以颁示郡邑校官，为学者式。"这里所谓《读书工程》，就是那部《程氏家塾读书分年日程》。

今天翻看这部小书，其中奇异之处多多。一是书名多，据罗玉梅统计，有十余个不同的书名见诸记载，如《读书纪年工程》《读书工程》《进学规程》《读书日程》《程氏分年日程》等。这与此书从面世到定稿刻印，历经二十多年不断修订有关。二是刻本多，据徐雁平统计，有二十多个不同的刻本，其中元刻本一种，明刻本一种，清刻本十八种等。此中清刻本最多，与清代理学复苏有关。三是对后世影响巨大，如书中改变以往临摹碑帖传统，将影写名家法帖作为书法教育的主要途径，即将《千字文》当作写字教材，至今仍有影响。再如明代初年，朱元璋与刘基创制八股文，作为开科取士的手段。追溯其源流，从内容到形式，我们也可以在程端礼的书中找到根据。四是效仿之作很多，如在清代《钦定蒙学堂章程》《奏定初等小学堂章程》等官方教学大纲中，都可以见到程氏《日程》的影子。

今人评价《程氏家塾读书分年日程》，称它是我国古代最具体的课程表，是元代制订的一个学校教学计划，在过去中国教育史上是很少有的，是元明清三代一个典型的教学计划，其影响却远不止于私塾，当时的官学也曾参照此教学程序和计划进行教学。那么，它究竟是一部什么书呢？

　　首先在《日程》中，有几个基本概念。一是分年，即将教育分为三个阶段：第一阶段是八岁之前，相当于学前；第二阶段是八岁至十五岁，相当于小学；第三阶段是十五岁至二十三岁，相当于中学至大学。二是日程，即指学生每周、每天的学习计划和程序。"周"是划定的不同的读书周期，如读经书，每四天为一周，其中三天读经书，一天用来习字与演文。读史书，每五天为一周，其中三天读史书，两天用来复习经、传、注。读文章诗歌，每六天为一周，其中三天读诗文，两天复习经、传、注，一天复习史书。作举业十天为一周，其中九天读书，一天练习写文章。"天"是被划分为早上、白昼、晚上三个单元的一日，早晚主要是自习诵读，白昼为授课时间。三是《日程》中还有五种表格，即读经日程表、读看史日程表、读看文日程表、读作举业日程表、小学习字演文日程表，构成每一位学生的学习进程簿，学生每天认真填写，供老师每日检查。

　　其次在《日程》的正文之前，有五段"纲领"，引领全书。一是"白鹿洞书院教条"，朱熹作，内容包括父子有亲，君臣有义，夫妇有别，长幼有序，朋友有信；博学之，审问之，慎思之，明辨之，笃行之；言忠信，行笃敬，惩忿窒欲，迁善改过；正其谊不谋其利，明其道不计其功；己所不欲勿施于人，行有不得反求诸己；讲明义理以修其身，然后推己及人；非徒欲其务记览为词章，以钓声名、取利禄而已。二是"程董二先生学则"，内容包括居处必恭，步立必正，视听必端，言语必谨，容貌必庄，衣冠必整，饮食必节，出入必省，读书必专一，写字必楷敬，几案必整齐，堂室必洁净；相呼必以齿，接见必有定；修业有余功，游艺有适性；使人庄亦恕，而必专所听。三是"西山真先生教子斋规"，内容包括学礼，学坐，学行，学立，学言，学揖，学诵，学书。每一条下面有具体的解说，如"学诵"：专心看字，断句慢读，须要字字分明。毋得目视东西，手弄他物。四是"朱子读书法"，内容包括居敬持志，循序渐进，熟读精思，虚心涵泳，切己体察，著紧用力。五是"果斋先生言论"，内容包括尚志，居敬，穷理，反身。

最后略说《日程》三卷正文。第一卷讲八岁以前阅读的书目，应该是《性理学训》，而不是世俗的《蒙求》《千字文》。八岁以后先读《小学》，次读《大学》《中庸》《论语》《孟子》及《孝经》，再读《易》《书》《诗》《仪礼》《礼记》《周礼》，以及《春秋经传》，以上需要六七年之功。

十五岁以后再读《四书注》，并抄读以上经书，用三四年之
功。第二卷讲在读经的基础上，学史、学文的程序，先读
《资治通鉴》，次读韩愈文章，再读《楚辞》。之后"以二三
年之功专力学文，既有学识，又知文体，何文不可作"。再
练习"科举文字之法"，准备应试。第三卷收录王柏所辑
《正始之音》，又录朱熹《学校贡举私议》《朱子调息箴》，
最后录《集庆路江东书院讲义》。

　　元明清三代，程氏《日程》影响很大，比如清末梁启
超的《读书分月日程》、章太炎的《中学读经分年日程》，
无论文题，都明显有程著的影响。五四运动以后，此书几
近无闻。

家塾教学法

　　所谓家塾，《礼记·学记》有记："古之教者，家有塾，党有庠，术有序，国有学。"这里的家、党、术、国，是周代按照户籍进行分类的区域名称，如《周礼·司徒》有记，五家为比，五比为闾，四闾为族，五族为党，五党为州，五州为乡云云。这里的塾、庠、序、学，是周代学校的名称。周制将百里之内二十五家称为闾，他们共同使用一条街巷，在街巷的入口处有门，门旁有塾；又如家院门内，左右两侧有堂屋。人们出入街巷，在塾中接受教育。久而久之，塾便成了闾中或家中设立的学校的代称，称家塾或私塾。以此类推，五百家为党，设庠；一万二千五百家为遂，设序，庠与序是乡里设立学校的名称。而天子之都及诸侯国则设立学，称为学校云云。

其实家塾只是私塾中的一种。而私塾种类十分复杂，除家塾之外，还有门馆、村塾、族塾、宗塾、坐馆、教馆、门馆、学馆、书屋等形式存在。

自古为家塾编撰的教学法，以清代唐彪《读书作文谱》《父师善诱法》两部著作最为有名。毛奇龄在二书序文中写道："先生之著二书，抑亦乡大夫居塾之遗情也乎？故其旧名《家塾教学法》，吾愿受其书而求其法者，由此渐进于诚正修齐，以为治平之本，安见二书不为大学之先资也乎！"这段话中说，唐彪的《读书作文谱》《父师善诱法》，原来叫作《家塾教学法》云云。有观点认为，这是自古以来，明确称"教学法"的第一部著作。

唐彪字翼修，清顺治十八年岁贡。自幼博览群书，曾求学于黄宗羲、毛奇龄之门。历任会稽、长兴、仁和训导，长期从事教学工作，成就斐然。如毛奇龄还在序文中写道："澉水唐先生献策长安，出为师事者若干年，历东西两浙人文荟萃之所，皆坐拥皋比，令馆下诸生执经北面，其为三物六德兴起后学者，既已习之有素，且艺文灿然，见诸法则，所至省课诸生皆视效之，此真见诸行事，未尝仅托之空言耳。"仇兆鳌也在二书序文中写道："翼修金华名宿，胸罗万卷，而原本于道。向者秉夺武林，课徒讲学，人士蒸蒸蔚起。"从上面两段言词中，足以见到唐彪从事教学工作时的辉煌成就。

后来不知什么原因，唐彪"乃睥睨之间，拂衣归里"，不再为官家做事，而是回归故里，著书立说。此后有《读书作文谱》《父师善诱法》面世，名噪一时，正如唐彪自序写道："岁己卯，余有《读书作文谱》《父师善诱法》二书问世，覆瓿之技谬为当世所推许，盖几几乎家有其书矣。"仇兆鳌《人生必读书》序赞道："乃日取古人之绪言格论，门标户列，因而荟萃诠次为《读书谱》《父师善诱》二书，甫脱板即已不胫而走，浙河以东、大江以北皆遍矣。"又见毛奇龄称赞道："复取平时所为《读书作文谱》《父师善诱法》二书梓以行世，其间讲求之切，择取之精，一字一注，皆有绳检，所谓哲匠稽器，非法不行者非与！夫弓冶之后，必有箕裘，世家子弟，皆有承受。"再者清陈宏谋编《五种遗规》，收取历代著名人物的遗训，如《白鹿洞书院揭示》《蒙童须知》《颜氏家训》《读书分年日程》《女训》等，其中《养正遗规》一章，也收有《父师善诱法》;《教女遗规》

《训俗遗规》二章，收有唐彪的另一部著作《人生必读书》。

　　说来唐彪的几部著作，均采取语录式的写作方法，文中以唐彪本人的言论为主体，同时择取古今名人的许多观点。那么，这些著作靠哪些特点，赢得如此盛誉呢？我觉得，大抵有三点值得称赞：

　　其一是阐释读书与教学的方法，题目浅显易懂，贴近实际。比如《父师善诱法》分上下两卷，唐彪提出的观点有三十多条，即：父兄教育的责任，学问全赖师传，名师是关键，老师不能轻易更换，父师为子弟择友，远离损友，觅书宜请教高明，童子温书法，改文章的方法云云。再如《读书作文谱》分十二卷，唐彪提出的方法有近百条，即：理解背书法，读史书要诀，作文求疑法，看书会通法，读注释的方法，看书分段落的方法，与良师切磋的方法，分类读书的方法，读文章宜深入不宜贪多，作文引用典籍的方法，少年文章要英发畅满，应用文的写法，文章用字法，讲评古文，读古文的方法，诸文的体式，诸诗的体式与师承云云。其二是介绍各种写作文体，解说细致入微。比如《读书作文谱》讲述写文章的方法，列出具体题目有三十二条之多，如深浅虚实、开阖、描写、衬贴、跌宕、详略、先后、宾主、翻论、进退、转折、推原、推广、反正、照应、关锁、遥接、省笔等。还有文章开题的方法，书中列出十二种之多，如口气题、暗比题、明喻题、叠句题、搭题吊法、代语题、单问答题、长题、记事题、引证四种题、记言题、难结构题等。再有对文体的讲述，具体到表、记、序、小序、说、原、议、辩、解、文、传、行状、碑文、墓碑文、墓谒文、墓志铭、祭文等文体的写法。其三是书中的许多观点很有创见，对后世产生深远影响。如郑逸梅《艺林散叶》有记："新式标点及符号，读者称便。在未有标点符号前，已有提倡者。清代唐彪，字翼修，兰溪人，著有《读书作文谱》，有云：凡书文有圈点，则读者易于领会。有界限段落，非画断，则章法与命意之妙不易知。有年号国号，地名官名，非加标记，则批阅者苦于检点，不能一目了然矣。"

唐彪在七十四岁时，著有另一部书《人生必读书》。初看题目，好像是一部通常的"必读书目"，其实不然。此书记载了唐彪一生之中读书与涉世的种种体会。唐彪很看重这部书，自认为其水准远在《家塾教学法》之上。正如他在序中写道："而余所著谱法，则读书作文之事居多，未免华而不实，且亦非余平生自命之意也。于是取古人之嘉言善行，分别门类汇为一书，以为后人畜德之助。……因名之曰《人生必读书》，于以补前书所未备，而期无悖于圣门教人之意，华而不实之讥，而今而后吾知免夫。"

《人生必读书》依然以语录式的文体撰写，其中既讲哲理也讲故事，哲理循循善诱，条分缕析，故事取材丰富，娓娓道来。比如在"孝顺"的条目下，书中列出十余项小标题，如顺亲之孝、敬亲之孝、奉养之孝、服劳之孝、处逆尽孝、谏诤之孝、良德纯孝、捐躯尽孝、送终之孝、孝道杂义、不孝鉴诫、孝弟有奇报等。其下的名人语录中，还有更为详细的解说。比如"不孝鉴诫"题目之下，有光衷的观点，他说除却"大不孝"之外，还有六种"不孝"的养成，一是父母溺爱子女过甚，一旦有所改变，子女就会产生抵触。二是父母养成不让子女劳动的习惯，一旦让其劳作就会推诿。三是父母经常节约食物给子女，导致子女认为父母就应该少食，自己就应该多食云云。

最后说明两点：一是唐彪的著作不多，但颇受当时的名流看重。毛奇龄曾为之作序，仇兆鳌曾两次为之作序，如仇氏在《人生必读书》序中赞道："其于唐子利济天下之思，

庶无负乎？而世乃以制艺，帖括为《人生必读书》。"二是
近年来，多家出版机构出版唐彪的著作，这当然是大好事。
但在当下翻印古书时，出现一个不好的现象：出版者根据
商业需求或好恶，打着"删除封建文人思想""去除不适合
今天阅读"的旗号，随意删改古书中的内容。比如《读书
作文谱》，有版本将"诸题作法"一卷全部删去，称其"对
今天的广大读者，已无什么意义"；在"诸文体式"一卷中，
将原书几十种体例，删减到只剩下五种。其实根据需要删
减古籍内容倒也罢了，只是出版者不在书的显要处，注明
"此为删节本"，而是将书以"全本"的外貌展示给读者。
如今读者买书多为网购，自然见不到内文的说明。如此现
象，已经成为近年以来，古书翻印中的一个通常的做法，
颇让人感到愤慨。

张之洞读书法

张之洞，清直隶南皮人，字孝达，号香涛、香岩，晚年自号抱冰。十二岁应童子试，翌年中秀才；十六岁参加顺天府乡试，中第一名举人，时称神童；二十七岁殿试拟二甲第一名，被慈禧太后拨至一甲探花，授翰林院编修。相继任浙江、湖北、四川乡试副主考，四川学政云云。张之洞与曾国藩、李鸿章、左宗棠三位，并称清末四大重臣。尤其是张之洞提出"中体西用"的观点，对中国近百年历史变革，以及东西方文化互通，产生了巨大的影响。当然张之洞的贡献不仅在开放的思想观念，还在卓越的改革实践。比如一九五三年，谈到中国近现代工业发展时，有人说到我国四位前辈不能忘记：重工业不能忘记张之洞；轻工业不能忘记张謇；化学工业不能忘记范旭东；交通运输业不能忘记卢作孚。

张之洞还有一项重要的贡献，那就是他卓越的教育思想，尤其是关于读书法的见解，这一贡献最让人推崇。一九三一年，北平文化学社出版张之洞《读书法》，全书分三章，即语学、守约、清代作家。实际上，此书内容取自张之洞的另外两部著作，即：语学、清代作家二章，取自《輶轩语》；守约一章，取自《劝学篇》。

张之洞论学思想，主要集中在三部著作中：《輶轩语》《书目答问》《劝学篇》。三者的作用，如司马朝军评价，《輶轩语》为读书门径，回答怎么读；《书目答问》为购书门径，回答读什么；《劝学篇》为晚清官方学术门径，回答为什么读。还有一些名家的评价：一是梁启超在《三十自述》中说，他早年"得张南皮之《輶轩语》《书目答问》，归而读之，始知天地间有所谓学问"。"张南皮"即张之洞。二是一九三三年，陈寅恪在《冯友兰中国哲学史下册审查报告》中说："寅恪平生为不古不今之学，思想囿于咸丰同治之世，议论近乎湘乡南皮之间，承审查此书，草此报告，陈述所见，殆所谓以新瓶而装旧酒者。诚知旧酒味酸，而人莫肯酤，姑注于新瓶之底，以求一尝，可乎？""湘乡"
即曾国藩。三是一九三九年，周作人在《实报》载文评价
《輶轩语》:"《复堂日记》卷三庚辰年下有一条云，阅《輶
轩语》，不必穷高极深，要为一字千金，可谓知言。六十年
来世事变更，乃竟不见有更新的学术指南书，平易诚挚，
足与抗衡者，念之增慨。张氏不喜言神灵果报，《阴骘文》
《感应篇》，文昌魁星诸事，即此一节，在读书人中亦已大
不易得，其中鄙意者亦正以此。若其语学语文固不乏切理
近情之言，抑又其次矣。近常有人称赞《阅微草堂笔记》，
即贤者抑或不免，鄙意殊不以为然。纪氏文笔固颇干净，
惟其假狐鬼说教，不足为训，反不如看所著《我法集》犹
为无害。我称张香涛，意识下即有纪晓岚在，兹故连及之。
二人皆京南人，均颇有见识，而有此不同，现今学子不妨
一看《輶轩语》，《阅微草堂》则非知识未足之少年所宜读
者也。"(《书房一角》)四是张舜徽说:"至于辨章学术，晓
学者以从入之途，则张之洞所为《輶轩语》《书目答问》影
响最大。张氏为清季疆吏中最有学问之人，其识博通而不
拘隘。《輶轩语》中《语学》一篇，持论正大，几乎条条可
循。益之以《书目答问》，则按图索骥，求书自易矣。……

故百年内讲求为人、治学者，咸奉曾张两家书为圭臬焉。影响所及，信广远矣。"（《爱晚庐随笔》）

本文对张氏三书略述如下：

其一是《輶轩语》，此书是一八七五年，张之洞在四川学政任上，为学子所作文牍。原名为《发落语》，序文言："律令，学政按试毕，集诸生于堂，行赏罚，申以董戒，名曰发落。"輶轩一词有二义，一为使臣乘坐的一种轻车，再一为使臣的代称。张之洞说："本名《发落语》，或病其质，因取扬子云书《輶轩学者绝代语释》之义，谓与蜀使者有合，命曰《輶轩语》。"为此周作人调侃："往时见张之洞著《輶轩语》，嫌其名太陈腐，不一披阅。丁丑旧上元日游厂甸，见湖北重刊本，以薄值买一册归读之，则平实而亦新创，不知其何不径称《发落语》，以免误人乎。"（《书房一角》）《輶轩语》主体有三篇：上篇《语行》，中篇《语学》，下篇《语文》。《语行》讲考生需要遵守的行为规范，如德行谨厚、人品高峻、立志远大、砥砺气节、出门求师、讲求经济、习尚简朴、读书期于有成等，下面还有十一项戒律。《语学》讲考生读书的"阶梯之阶梯，门径之门径"，如通经、读史、读诸子、读古人文集、通论读书。《语文》

讲考生容易犯错误的地方，如时文、试律诗、赋、经解、经文、策、古文、骈体文、字体等。三篇之后，还有《学究语》《敬避字》《磨勘条例摘要》《劝置学田说》四篇，为初入考场的学生提供注意事项，如读什么版本、读谁的注释、识字要查《字典》不可查《字汇》、皇帝名字需要避讳的字等。

总结《𫐐轩语》特点，首先是写作以问题为主干，讲宜什么、戒什么，说理清楚易懂。其次是虽为学生"发落语"，文中包括许多真知灼见，遂成经典。如"读书宜求善本"："善本之义有三，一足本，二精本，三旧本。"再如"读书先宜校书"："校者，以善本与俗本对勘，正其讹脱也。"

其二是《书目答问》，也是张之洞在一八七五年所著，实为《𫐐轩语》的续篇。此书影响更大，首先是所列入书目仅两千余种，旨在从繁杂的历代典籍中，为初学者提供一个实用可行的最简书单。此后范希曾作《书目答问补正》，又加上一千余种书目。其次是《书目答问》不是前人书目的简写本，而是有减有增。如较《书目答问》早一百年的《四库全书总目提要》，其中列书目一万多种。张之洞说："此编所录，其原书为修《四库》书时所未有者十之三四，《四库》虽有其书而校本、注本晚出者十之七八。"
（《书目答问》略例）再次是《书目答问》一方面主张多读
古书，另一方面张扬"今胜于古"的观点，增补了很多清
人著作，附录"清代著述诸家姓名略总目"，包括经学家、
史学家、理学家、小学家、文选学家、算学家、校勘之
学家、金石学家、古文家、骈体文家、诗家、词家、经济
家等。

　　《书目答问》中要论很多，如"略例"指出："兹乃随手
记录，欲使初学便于翻检，非若藏书家编次目录，故不尽
用前人书目体例。"又见"谱录"指出："其余若遂初堂、明
文渊阁、焦竑《经籍志》、菉竹堂、世善堂、绛云楼、述古
堂《敏求记》、天一阁、传是楼、汲古阁、季沧苇《浙江采
进遗书》、文瑞楼、爱日精庐各家书目，或略或误，或别有
取义，乃藏书家所贵，非读书家所亟，皆非切要。"说明了
藏书家与读书家的区别。

　　其三是《劝学篇》，成书于一八九八年，正值戊戌变法
期间。就时政而论，此书观点左右逢源，要点在于新旧学
说的调和。如序文说："旧者因噎而废食，新者歧多而亡羊；
旧者不知通，新者不知本。"因此受到慈禧太后、光绪帝

两方赞许，光绪帝还下谕旨称："原书内外各篇，朕详加批阅，持论平正通达，于学术人心大有裨益。"张之洞也因此躲过戊戌之难。此书出版后不断再版，有称当时总印数超过二百万册。海外有英、法文版本，美国纽约出版本名为《中国唯一的希望》。但对于《劝学篇》，梁启超就不会赞扬了，正如张之洞的幕僚辜鸿铭所言：此书撰写的目的，正是要与维新派划清界限，所谓"绝康梁并谢天下耳"（《张文襄幕府纪闻》）。

《劝学篇》分内篇、外篇，前者讲同心、教忠、明纲、知类、宗经、正权、循序、守约、去毒，后者讲益智、游学、设学、学制、广译、阅报、变法、农工商学、兵学、矿学、铁路、会通、非弭兵、非攻教。序文说，写作目的是让国人有五知：知耻、知惧、知变、知要、知本。如知要："中学考古非要，致用为要；西学亦有别，西艺非要，西政为要。"还有张之洞在知类、守约二节中，强调中西文化交流的底线，慎防中国灭种之灾。如何防范呢？只能培育读书种子，所谓："书种即存，终有萌蘖滋长之日，吾学吾书，庶几其不亡乎！"

冯班论读书

　　冯班生于明万历三十二年，江苏常熟人，字定远，号钝吟老人。父亲冯复京藏书万卷，家学深厚，家风正派。冯班与兄长冯舒二人才学出众，均为明末诸生，即考取秀才入学的生员，后来成就冯氏一家之学，有"海虞二冯"之称。此外冯家抄书、刻书亦有名气，有故事写到冯氏兄弟等雅人在冬日飞雪之时，到寒山赵宧光小苑堂，借抄宋本《玉台新咏》。此事清黄廷鉴《读知不足斋赐书图记》有记："吾乡冯己苍昆仲，闻寒山赵氏藏有宋椠本《玉台新咏》，未肯假人。尝于冬月挈其友舣舟支硎山下，于朔风飞雪中，挟纸笔，袖炊饼数枚入山，径造其庐。乃许出书传录，堕指呵冻，穷四昼夜之力，抄副本以归。"冯氏兄弟抄书，字体匡正，墨色黑亮，有"冯抄"之誉。

冯舒、冯班虽为兄弟，却性格迥异。冯舒为人刚正不阿，后来有人密告他的诗集《怀旧集》序中，只书"太岁丁亥"，不列清朝国号年号，还载有顾云鸿《昭君怨》诗云："胡儿尽向琵琶醉，不识弦中是汉音。"又载徐凤《自题小像》诗云："作得衣裳谁是主，空将歌舞受人怜。"称其语涉讥谤，使其四十五岁屈死狱中。冯班性格放荡不羁，早年仕途不得志，又赶上明清之变，因此一生不事权贵，发奋读书。《清史稿·文苑传》说他"淹雅善持论，顾性不谐俗"。《清史列传·冯班传》说他"性不谐俗，意所不可，掉臂去。有所得，曼声长吟，旁若无人。然当其被酒无聊，抑郁愤懑，辄就座中痛哭"。自号"钝吟居士"，又有"二痴"之称。康熙十年冯班病逝，终年六十八岁，有多部著作传世，如《钝吟集》《钝吟杂录》《钝吟书要》《钝吟诗文稿》等。其中《钝吟杂录》被收入《四库全书》，《四库全书总目提要》中写道："然班学有本源，论事多达物情，论文皆究古法，虽间有偏驳，要所得者为多也。"

略考冯班学术根底，除家学之外，他早年师从钱谦益，为虞山诗派中重要人物。他为学强调追根溯源，所谓自上而下，不可自下而上，那样会走上歧途。他于许多学问皆有见地，如经学，冯班批评宋明儒者不尊圣贤之言，空谈性理，强调"儒者之是非，当裁之以圣人之言。苟不合于仲尼，虽程朱亦不可从也"。如史学，冯班针对班固《汉书·司马迁传》中班固称司马迁"论大道则先黄老而后六经"的观点，指出不能把司马谈、司马迁父子的观点混为一谈，并解道："太史谈在文景时，故尚黄老；太史迁在武帝时，故重儒，亦随时而已。"如诗学，钱谦益在为冯班的诗集作序时写道："其为诗，沉酣六代，出入于义山、牧之、庭筠之间，其情深，其调苦，乐而哀，怨而思，信所谓穷而能工者也。"钱氏还预言，冯班的名声，从此将远播于世间。如书法，《苏州府志》有记："其书法四体皆能，尤工小楷，有晋唐风致。"再如治印，冯班说："平生喜教人刻印章，用汉法者施于名字；藏书印用元人；斋堂楼阁，唐人有法；诗句作印，始于近代，用文三桥法……"

综上，冯班学术地位有两个要点：一是学有本源，二是说有见地。后者尤其重要，古今言论，都对冯班的学术见地评价甚高。如李慈铭在《越缦堂读书记》中写道："阅《钝吟杂录》。定远学问不足，而颇有见地。"比如读书法，虽然冯班没有留下专书，但夹杂在著作中的许多高论，最让后人称道。也是冯班的观点与他人多有不同，他强调读书要先学会做人，做什么样的人呢？对此冯班从正反两方面界定儒者：一是真儒，要没有门户，没有架子。二是大儒，大儒为义，苍生受福；小人为义，不惜其身以祸天下。三是醇儒，如朱熹性理，大醇而小疵。四是贼儒，偾国事、灭家族、以死求名者。五是腐儒，不为一时祸天下，又使后人不信圣人之道者。六是小人儒，不近人情、不通世务、不读书者。七是俗儒，多短见，好非古人者。八是愚儒，读古人之书，不师其善言，好求诡异以胜古人者。九是迂儒，孟子极近人情，与迂儒不同。

再者冯班论读书，最看重学术流变，比如他对宋代儒者的批判，不失激进，却有独立见解：一是苟不合于仲尼，虽程朱亦不可从也。二是宋儒有四大病：不喜读书，不做文字，不事功业，不取近代事。三是程颐说，性中只有仁义礼智，哪里有孝？冯班说，他这是不晓得饭是米做的。四是东坡书有坏笔，诗有坏句，大家举止，学他不得。嬉笑怒骂，自是苏文病处，君子之文必庄重。五是欧阳修说，晋代除了《归去来兮辞》再无文章，此语有些过分，后人

学他说话，便是吠声之犬。六是少正卯不知何许人也，甚
似王安石，行僻而坚。七是宋儒议论是非不平，便是他心
不正处。八是宋儒说三代以后无完人，孔子说择其善者而
从之。九是欧阳修文章甚高，然用心不平，作史论则不便。
十是宋人蔡君谟书法最佳，今人却不重视，只因为不习古
典。十一是不可听信宋儒的议论文字，如欧阳修不信《系
辞》，王安石不信《春秋》；宋人说韩愈变今文为古文，欧
阳修变古文为今文；又说司马迁乱道，文章却好看；班固不
敢乱道，文章却不好看云云。

　　冯班关于读书法的论述，多见于《钝吟杂录》，略录如
下：一是最难读的书是《论语》，因为圣人说话简略浑融；
最易读的书也是《论语》，因为读一句是一句，理会一分是
一分。赵普半部《论语》治天下，正是会读书的人。二是
读书得力处：信而好古，温故而知新。三是儒者之业，莫如
读书。四是读书遇到不合意处，暂且放下，不要急着说它
的不是。五是读古书不要作论，阮籍至为谨慎，从不臧否
人物；陶渊明只说酒，从不言及时事。六是读书当读全书，
节抄者不可读，近时所刻的书多不可读。七是少壮时读书
多记忆，老成后读书多解悟。八是钱牧翁教人作诗，惟要

识变；冯班说读古诗破万卷，则知变矣。所以冯班不教人作诗，喜欢劝人多读书。九是多读书则胸次自高，出语皆与古人相应，一也；博识多知，文章有根据，二也；所见既多，自制得失，下笔知取舍，三也。十是读书的通病，以近代议论量裁古人，以俗本恶书校勘古本。十一是读书不可先读宋人文字。十二是写作下笔要有轻重，论贤人君子词宜婉转，言小人奸贼不妨直骂。十三是读《论语》得为文之法：草创之，讨论之，修饰之，润色之。十四是今人看《史记》，只看得太史公文集不曾看史。十五是古书字多不同，不可以此证彼。十六是教儿童写字，每日只教十字，点画体势，须毫发必肖。百日之后，便解自作书矣。虞世南《庙堂碑》全是王法，最可师。十七是读书言古人不善，不如称其善之有益于人。十八是读史重在《史记》《汉书》《五代史》，"今但知此三史，则古今得失不待深辨而明矣"。

还有冯班著作中，多有佳句传世，极为精彩：一是君子做事，需要讲求平恕与忍耐。二是其兄冯舒说，宁近小人，不近愚人，因为小人作恶可以预防，且无利而不为，愚人作恶出人意料，抑或损人而不利己，无法戒备。三是习气相染，师不如友。所以择友要择家风淳厚、喜好读书之人，市井轻薄之人最不可近。四是不要教授子弟做刻薄之事，否则他一时无处发挥，就会对父母下手。五是"家有千金，不如一技在身"。一技足以养生。六是冯舒主张见利思义，冯班主张见利思害。七是未有不自爱而能爱人者，君子有时损己以益人，只从自爱处推出。八是冯舒早年遇害，冯班究其原因，言常人爱犬而畏虎，"先兄取人，好虎而恶犬，临难所以不救也，我至今以为叹"。九是冯舒曾因被人欺负而迁移祖坟，从此家境贫破，冯班说此类做法是极大的错误。十是临大难，当大事，不可无学术。十一是存心养性，只在慎独功夫。十二是耕当问奴，织当问婢。十三是太平时做错事有救，乱世一失足便送了性命。

先正读书诀

　　《先正读书诀》是清代周永年的著作。"先正"一词，语出《尚书·说命下》："昔先正保衡，作我先王。"指前代的君长、贤臣等，亦称先政。再者，此书称读书法为"读书诀"，其出处见李光地《李榕村集》："韩子读书诀：口不绝吟于六艺之文，手不停披于百家之言。记事者必提其要，纂言者必钩其玄。贪多务得，细大不捐。焚膏油以继晷，恒兀兀以穷年。"此段文字，引自韩愈《进学解》，其中"百家之言"，韩愈原文为"百家之编"。

　　周永年，字书昌，山东历城人，祖籍浙江余姚，乾隆三十六年进士。他曾经撰写《儒藏说》，文中指出，自古佛家有释藏，道家有道藏，儒家却没有儒藏，因此提出建立儒藏的观点，意在与释藏、道藏成鼎足之势。周永年还提出公共藏书的思想，为此他竭尽家财，将自己的居所命名为"借书园"，聚集古今书籍十万余卷，供人们阅览传抄，以求广为流传，其居所成为公共图书馆的雏形。据言编撰《四库全书》的动因，有周永年《儒藏说》的影响；还有《四库全书》七阁的设置，也与周永年建立借书园的思想有关，如陈垣《中国佛教史籍概论》有记："纂辑《四库全书》之议，虽发自朱竹君筠，然与周永年之《儒藏说》，亦颇有关系。"再如王绍曾、沙嘉孙《山东藏书家史略》有记："论者谓清修《四库全书》，分储七阁，实受《儒藏说》之影响，永年倡始之功诚不可没。"

乾隆三十八年四库馆开设，周永年征为纂修官，最初为《永乐大典》校勘辑佚，为此倾注大量心血，如章学诚《周书昌别传》所记："时议转从《大典》采缀，以还旧观。而馆臣多次择其易为功者，遂谓搜取无遗逸矣。书昌固执以争，谓其中多可录，同列无如之何，则尽举而委之书昌。书昌无间风雨寒暑，目尽九千巨册，计卷一万八千有余，丹铅标识，摘抉编摩。于是永新刘氏兄弟公是公非诸集以下，又得十余家，皆前人所未见者，咸著于录。好古之士以为，书昌有功于斯文，而书昌不自是不复任载笔矣。"

《四库全书》工作，周永年贡献巨大。《清史稿·儒林传》有记："永年在书馆好深沉之思，四部兵、农、天算、术数诸家，钩稽精义，襃讥悉当，为同馆所推重。"子部方面，李慈铭《越缦堂日记·孟学斋日记》有记："《四库总目》虽纪文达、陆耳山总其成，然经部属之戴东原，史部属之邵南江，子部属之周书昌，皆各集所长。书昌于子，盖极毕生之力，吾乡章石斋为作传，言之最悉。故子部综录独富。……子则文达涉略即遍，又取资贷园，弥为详密。"佛学方面，《陈垣四库学论著》有记："尝阅王述庵昶《春融堂集》四十五《再书楞严经后》，有云：'今天下士大夫能深入佛乘者，桐城姚南青范、钱塘张无夜世荦、济南周永年书昌及余四人，其余率猎取一二桑门语，以为词助，于宗教之流别盖茫如。'"又记道："今《四库提要》《开元释教录》条下，注云'江西按察使王昶家藏本'，而存目《正宏集》条下，则注云'编修周永年家藏本'。吾因此颇疑释家类提要出永年手，故舛误尚不多也。"又见陈垣《中国佛教史籍概论》有记："《四库提要》中释家著录十三部，存目十二部错误极少，亦为周永年所纂，因周永年自年轻始即笃嗜内典，对佛家著作颇为精通。"

乾隆五十六年，周永年乞病回归故里，是年秋七月去世，享年六十二岁。周永年虽为一时硕儒，学识深厚，在整理《永乐大典》、编纂《四库全书》中成就斐然，但他自谓文字笨拙，写作时不肯存留底稿，文章存世不多，几乎没有留下任何署名的著作。唯一一册《先正读书诀》，只是周永年抄录先辈读书体会的笔记。并且此书未及分类整理，没有格式及篇章目次，直到周永年过世后，才被后人编订成书。正如宗稷辰《重刻先正读书诀》序中记："至书中皆前贤诸论，虽未编排类次，殆未经纂成之本。先辈所为，难以更动，若读者得抄其一二条，受益已多，亦不必求全于著书之格式矣。"也因周永年目光卓越，他选辑唐宋以来前辈学者读书经验颇有见地，因此后人不断重刻传行。

前文提到，此书名称"读书诀"，大约缘于李光地引韩愈读书诀。其实在书中，周永年还摘抄李光地《李榕村集》中许多言论，如李光地撰写的箴文三篇《劝学箴》《惜阴箴》《诫家后箴》，说理性强，文字极佳。周永年将《劝学箴》摘录如下："《易》与《诗》《书》，最务精熟。"三礼""三传"，随分诵读。西京东京，文极醇厚。唐人之雄，曰韩曰柳。北宋文章，于唐有烈。欧苏条达，曾王峻洁。
择其尤者，含咀英华。将来融洽，不名一家。诸子之粹，
亦可采焉。荀卿论学，庄子谭天。仲淹《中说》，子云《法
言》。伟长《中论》，康节《外篇》。奥旨奇辞，手录心追。
醇疵小大，默而识之。周程张朱，至为精凿。孔孟通津，
经书正鹄。《易》通《正蒙》，性书学论。以逮洛闽，微言
至训。并须熟讲，益以精思。笃嗜深契，尚友遥师。义理
昭明，庶几不畔。穷经观史，靡不贯串。犹有余力，列代
诗骚。搜春撷卉，以咏以陶。如是读书，方有根柢。文学
德行，实相表里。"

再有《先正读书诀》抄写其他前辈著作，内容丰富，
指向明了，本文择其要言短句，略录如下：

《论语》：欲速则不达。《孟子》：其进锐者其退速。《管
子》：思之思之，又重思之。思之不得，鬼神将告知。《邵
子皇极经世外篇》：学必量力，量力故能久。《朱子》：以
我观书，处处得益；以书博我，释卷而茫然。《张子经学理
窟》：观书必总其言，而求作者之意。《黄山谷》：古人有言
曰，并敌一向，千里杀将。《困学纪闻》：东坡得文法于《檀
弓》，后山得文法于《伯夷传》。《日录》：作论有三不必、

二不可。前人所已言，众人所易知，摘拾小事无关系处，此三不必作也。巧文深刻，以攻前贤之短，而不中要害；取新出奇，以翻昔人之案，而不切情实，此二不可作也。《李榕村集》：人于书有一见便晓者，天下之弃材也。须是积累而进，温故知新，方能牢固。凡瓜果时候未到，纵将他煮烂，他终是生。读书要搜根，搜得根便不会忘。读书千遍，其意自见。仙家明日成仙，今日尚不知。如鸡抱子，呆呆地只抱在那里，火候一刻不到，不能得他出来。《录柈亭思辨录》：读史须一气看过，则前后事易于记忆。近日人才之坏，皆由子弟早习时文。《郑畊老劝学》：立身以力学为先，力学以读书为本。《吕氏童蒙训》：杨应之学士言，后生学问，聪明强记不足畏，惟思索寻究者为可畏耳。《问学录》：朱子论读书之法，谓始初一书费十分功夫，后一书费九分，后则费六七分，又后则费四五分矣。此即所谓势如破竹，数节之后，迎刃而解。

行文及此，做一个小结。古代读书法的第一部专书，应该是宋代辅广《朱子读书法》。此后各类著作络绎不绝，其文体大概可以分为四类：一是读书法专书，类似于今日之教法，如《朱子读书法》，以及程端礼《程氏分年读书日程》，唐彪《家塾教学法》，张之洞《輶轩语》等。二是语录式文体，摘取先贤读书名言警句，分类成书。此类著作最多，如上述周永年《先正读书诀》，以及朱熹《朱子全书·读书法类》，无名氏《宋先贤读书法》，陈梦雷《古今图书集成·读书部》，谢鼎卿《读书说约》，杜贵墀《读书法汇》等。三是汇编先辈读书故事，有方法，也有励志，如陈继儒《读书十六观》，祁承爜《读书训》，吴应箕《读书止观录》等。四是存于随笔、笔记等著作中的内容，虽为只言片语，往往寓意深刻，如冯班《钝吟杂录》，梁章钜《退庵随笔》，张之洞《书目答问》《劝学篇》等。按此分类，有兴趣者可以分门别类，深入研读。

钱基博论读书

清末民初，中国社会处于深刻变局之中。反映到文化领域，旧学与新知之间，思潮激荡，奇才辈出。今日看来，以读书方法论，那时有一位杰出人物，很值得我辈铭记，他就是钱基博先生。

钱基博，生于一八八七年，字子泉，别号潜庐，江苏无锡人。有孪生兄弟钱基厚。父亲钱祖耆以儒者为家传，因此约束钱氏子弟，务以朴学敦行为家范。钱基博五岁时，跟随长兄钱基成读书，九岁时读毕"四书"及《易经》《毛诗》《周礼》《礼记》《春秋左氏传》《古文翼》，皆能背诵；十岁跟随伯父钱仲眉学习策论，并且熟读《史记》及唐宋八大家文章；十三岁精读《资治通鉴》《续通鉴》，圈点七遍。此时社会，正处在新旧学堂的变革时期，钱基博的父亲认为，新学堂刚刚草创，未有纲纪，"徒长嚣薄，无裨学问"，所以不许钱基博进入新型学校，坚持令其在家中闭门读书。

即使在完全自学的情况下，钱基博的才华还是早早显露出来。十六岁时，他见到《新民丛报》刊登梁启超的文章《中国地理大势论》，自觉不能满意，于是根据自己的认知，撰写一篇四万字长文《中国舆地大势论》。此文受到梁启超赞赏，在《新民丛报》上分四期连载。但钱基博回忆，文中有些观点过于偏激，因此惹怒了于右任，与他打起了一场笔墨官司。从此起步，钱基博以学识及文章闻名天下，如他在四十九岁《自传》中写道："基博论学，务为浩博无涯矣，诂经谭史，旁涉百家，抉摘利病，发其阃奥。自谓集部之学，海内罕对。子部钩稽，亦多匡发。而为文初年学《战国策》，喜纵横不拘绳墨。既而读曾文正书，乃泽之以扬马，字矜句炼；又久而以为典重少姿致，叙事学陈寿，议论学苏轼，务为抑扬爽朗。所作论说、序跋、碑传、书牍，颇为世所诵称；碑传杂记，于三十年来民情国故，颇多征见，足备异日监戒。论说书牍，明融事理，而益以典雅古道之辞出之，跌宕昭彰。序跋则以平生读书无一字滑过，故于学术文章得失利病，多抉心发奥之论。"

钱基博此段自述，自负满满，但观其文章成就，字字皆非虚言。以他人评说为据，顾大均读钱基博文章："骇为龚定庵复生。"曾广均评价钱基博："四十岁后，篇题日富，必能开一文派。"张謇读钱基博文章叹道："大江以北，未见其论！"费树蔚续叹："岂惟江北，即江南宁复有第二手！"李详推赞钱基博文章："所重足下者，能多读书而下笔则古。……弟自此不敢轻量足下矣！"八十寿翁陈衍称道："四部之学，以能文为要归。……后贤可畏，独吾子尔！"当然针对钱基博文章的内容，负面言论也是有的，如前述与于右任的争论；还有林纾，钱基博作《技击余闻补》，又称《武侠丛谈》，补充林纾《技击余闻》，为此与林纾构怨，后来有人介绍钱基博去北京师范大学任教，因林纾从中作梗，未能成行。

钱基博从事教育事业，始于一九一三年，当时有人请他到无锡县立第一小学任教，他在《自传》中写道："我欣然答应，从此做教书匠，回复我祖父三代老本行。历小学、中学、师范以到大学，总算教课没有什么讲不下去。"钱基博穷尽毕生精力，置身于教育事业，曾就教于上海圣约翰大学、北京清华大学、上海光华大学、无锡国学专修学校、浙江大学、湖南师范学院、武昌华中大学、华中师范学院等。再者钱基博所处的时代，正是中西文化激烈碰撞的当口。国家危亡，民族危亡，钱基博作为一位教育家，面对那时的情形，有何见教呢？一九五二年，他在一篇文章中写道："我觉得我中国，好比一条四千年的神蛇，现在正在蜕壳，当然周身不适。他身上组成细胞，哪是老废细胞，跟着壳蜕去以致死亡。哪是新细胞，扩展神蛇的生命，将来发扬威力。这须看我们各个人的努力！苟其一个人，为社会，为历史，向后瞻望，而不仅仅为自己打算，决有前途。"

钱基博著述丰富，阐释读书法的思想，有多部著作需要重视。此文略举三例：

其一是《国学必读》，谈到此书缘起，钱先生引用曾国藩的话说："典籍之浩浩，著述者之众若江海，然非一人之腹所能饮也，要在慎择焉而已。"再谈到自己的读书经历，他写道："余文质无底，然自计六岁授书，迄今三十年，所读钜细字本，亡虑三千册。'四书''五经'之外，其中多有四五过者，少亦一再过。提要钩元，廑乃得此。然则此一编也，即以为我中国数千年国学作品之统计簿也可。"为此《国学必读》分文学通论、国故概论两部分，收录的人物，上起自魏文帝、昭明太子、苏轼，下讫于胡适、胡愈之、郑振铎等。总计收录五十四家，包括文章八十篇，杂记七十八篇。其中收录自己的文章四篇，以《某社存古小学教学意见书》一篇，论说读书方法最为精辟丰富。文中还提到一些关于读书法的好书，有王筠《教童子读书法》，沈有卿等《经史国文补习科答问》，还有他自己的《国文研究法》等。

其二是《古籍举要》，此书内容，来源于钱基博为从子钱锺汉授课，讲述陈澧《东塾读书记》的内容，后来成书，原名为《后东塾读书记》。钱基博也将自己的书房称为"后东塾"，题楹联曰："书非三代两汉不读，未为大雅；文在桐城阳湖之外，别辟一涂。"《古籍举要》序言中，还记载了钱锺书与父亲钱基博的一段对话。当时正值长夏，钱基博与几个晚辈在院中纳凉，他谈到读陈澧《东塾读书记》，可以与朱一新《无邪堂答问》配合阅读，前者以端其向，后者以博其趣。说到这里，钱锺书插话说，朱氏的文笔有胜于陈氏，对此钱基博做了一番解释。钱锺书又说，他读朱氏《佩弦斋文》，见到朱氏自诩"人称其经学，而不知吾史学远胜于经"，钱基博说，这也正是朱氏的学问，较陈氏的高明之处所在。事后钱基博感叹："闭户讲学，而有子弟能相送难，此亦吾生一乐。"

其三是"钱基博集"中所辑《国文教学丛编》，此为钱基博教学论文及讲义的结集，其中收入很多好文章。如《国文教授私议》《师范学生宜练习批改文字》《我之中国文学的观察》《国文科正名私议》等，很值得详读。

钱基博论读书，提倡读写结合，如他在《自传》中写道："顾基博独自谓所著文章，取诂于许书，缉采敩萧选，植骨以扬马，驰篇似迁愈，雄厚有余，宁静不足，密于综核，短于疏证。"谈到读写互鉴的心得，钱基博妙论极多，本文略记几段。其一是讲诵与读的区别，钱基博写道："于诗曰诵，于书曰读。诗书可诵，典礼则读而不诵。诵者玩其文辞之美，读者索其义蕴之奥。古人之所谓诵，今人曰读。古人之所谓读，今人曰看。而今日之国文教学者，只言读本，而无看本。譬如两轮之废其只，双足之刖其一。"进而论看与读的区别："看之为言望也，有远视茫茫不求甚解之意焉。未若读之为好学深思，籀绎其义蕴至于无穷也。"其二是讲文与字的区别，钱基博写道："读书必先识字，须知独体为文，合体为字。《说文解字》中有九千余字，而文不过五百个。如日、月为文，两者合体，即为明字。再如日、木为文，两者合体，日在木上为杲，日在木下为杳，日在木中为東等等。"其三是作文的禁忌，钱基博写道："世间有五种文字，不可令小学生读，虽美勿取焉者。"哪五种文字呢？钱先生解道："文字有江湖气者不取，文字有海气者不取，文字有客气者不取，文字有名士气者不取，文字有腐头巾气者不取。"

夏丏尊谈读书法

一九三〇年元旦,开明书店《中学生》杂志创刊,夏丏尊出任主编。第一年出版十期,每期刊载一篇关于各科学习方法的指导文章。一年完毕,各科内容大略完备。翌年,夏丏尊将十篇文章汇集起来,编成一本小书《中学各科学习法》,在开明书店出版。此书出版后颇有影响,直到一九四八年,开明书店还在重版。在那个时代,一些介绍读书方法的著作,在开列必读书目时,经常会提到这本书。

《中学各科学习法》收入的十篇文章是:夏丏尊《关于国文的学习》,林语堂《英文学习法》,周予同《历史学习的路径与工具》,刘叔琴《世界史的学习与社会学》,王伯祥《从实际生活中学习地理》,刘薰宇《怎样学习数学》,

周建人《生物学与我们》，程祥荣《关于理化的学习》，丰子恺《艺术科学习法》，谢似颜《体育科的旨趣及其学习方法》。看一看这些作者的名字，他们大多是百余年来，中国学术界响当当的人物。但在这部小书里，他们低下自己的身段，用生动通俗的文字，为中学师生讲述各科的学习方法。尤其需要提到夏丏尊，他不但是这部小书的组织者，还是其中重要的作者之一，我们的故事，就从他先说起。

夏丏尊，名铸，字勉旃，浙江绍兴人。一九〇五年留学日本，一九〇七年回国，翌年在浙江省立第一师范学校任教，曾与鲁迅、许寿裳、李叔同等人共事；当时在校读书的丰子恺，在后来的文章中有称，李叔同的教育方法是"爸爸的爱"，夏丏尊的是"妈妈的爱"。夏丏尊著述丰富，有著作《文心》《平屋杂文》《文章作法》《阅读与写作》等，译著《爱的教育》等传世。"丏尊"名字，据载缘于某年，夏丏尊被推荐参选省议员，他不愿意当选，就在选民册上，将"勉旃"改为"丏尊"，好让投票者将"丏"字错写为"丐"字，使选票作废。

在《中学各科学习法》中，夏丏尊的文章《关于国文的学习》列在首篇，谈到国文的阅读与写作，有许多重要观点值得铭记。略做笔记如：其一，成功的中等教育，使学生不至于到大学还要听名词、动词的文法，还要读一篇一篇的选文。其二，阅读的目的，是从文字上理解别人的思想；写作的目的，是用文字发表自己的思想。其三，国文与国学不同，所以我们的阅读，不能依据胡适《最低限度的国学书目》与梁启超《国学入门书要目》等去做。其四，中学生阅读，先要明白书籍大概的体式，如读《春秋》，先须知道何谓经、传，起于什么公，止于什么公；读《史记》，先须知道本纪、世家、列传、书表等体式。其五，阅读要有顺序，先读《孔》《孟》《老》《庄》《墨》《春秋》，然后读胡适的《中国哲学史大纲》；先读《诗经》及汉以下的诗词集，然后读文学史；先读一些古代史，然后读《古史辨》。其六，阅读好像面对一大碗有颜色的水，最终将清水弃去，只留下色块。其七，阅读鉴赏的三要素，首先是要把自己融入文章中，其次是要保持冷静的态度，最后是参考前人的批注。其八，写作要先弄清楚写什么，这件事情并不容易。一段笑话写道：古时一个秀才写不出文章，坐在那里唉声叹气。他妻子嘲笑说："你看上去，怎么比我生孩子还痛苦啊？"秀才说："当然！你生孩子是肚子里有东西，我

写文章是肚子里没有东西，那才叫苦啊！"其九，写作还
要弄清楚怎样写。首先是在形式与内容上，保证文字明了；
其次是在读者的预设上，力求文字适当。其十，日本文章
学家五十岚力指出，文字恰当的方法，有六个 W：为何写
Why，写什么 What，谁在写 Who，在何处写 Where，
何时写 When，怎样写 How。

除了夏丏尊的文章要点，接下来的内容，从作者的身
世到文中的卓见，也都让人赞叹。如：

林语堂，语言学家，曾获哈佛大学硕士学位，莱比锡
大学博士学位。曾在北京大学、北京女子师范大学、厦门
大学、上海东吴大学等任教，有《吾国与吾民》《京华烟
云》《苏东坡传》等大量作品传世。他又是一位关心初等教
育的人，曾为中学生撰写的《开明英文读本》，成为当时的
大畅销书。在《中学各科学习法》中，他概述了英文的学
习方法，以及语汇、语法、语音等。

周予同，历史学家。曾在上海大学、安徽大学、暨南
大学、复旦大学任教，与周谷城并称"复旦二周"。曾撰写
《辞海》"经学史"词条，有著作《群经概论》《中国现代教
育史》《周予同经学史论》等传世。在《中学各科学习法》

中，他提出为中学生选读历史书籍的四条标准：一是概念明晰，二是文字浅显，三是言之有据，四是附加索引。

王伯祥，文史研究专家。曾在厦门集美学校、北京大学等任教，有著作《三国史略》《太平天国革命史》《春秋左传读本》《增订李太白年谱》等，编注《二十五史补编》《史记选》等传世。在《中学各科学习法》中，他强调学习地理学，"不限于插架盈箱的书本，最要紧的还是实际的体会"。他还谈到学习地理学的两个必要的小工具，一是地图册，二是笔记本。

周建人，生物学家，鲁迅、周作人三弟。曾在上海大学、暨南大学、安徽大学等任教。有译著《物种起源》等，著作《生物学》《植物学》《动物学》等传世。在《中学各科学习法》中，他生动地述说了生物学无处不在的道理，比如俗话说"龙生龙，凤生凤，老鼠生来盘屋栋"，这是一般人的遗传说；还有"一母生九子，子子不相同"，这是一般人的变异论云云。

丰子恺，画家，文学家。曾参与创办立达学园，曾在浙江大学、国立专科艺术学校等任教。一生画作、著译丰厚。在《中学各科学习法》中，他先列举了自己的三部著作《艺术趣味》《音乐入门》《西洋名画巡礼》，继而提出学习艺术的总说：一是耐劳苦，因为"凡艺术必以技艺为本"。二是涵养感觉，因为艺术"必以感觉而述于身心"。三是学习健全的美，那么何为不健全的美呢？首先是卑俗的美，其次是病态的美云云。

作者中还有刘叔琴，曾留学日本，在东京高等师范学校学习，回国后曾在宁波第四中学、上虞春晖中学、上海立达学园任教，著有《开明世界史教本》，译有加田哲二《社会学概论》《近世社会学成立史》等。刘薰宇，曾留学法国，在巴黎大学研究数学，回国后在暨南大学、同济大学、西南联大等兼课任教，著有《初中代数》《解析几何》《数学的园地》《数学趣味》《因数与因式》等。程祥荣，曾留学日本，回国后曾在立达学园任教，撰著《中学化学课本》等，后任复旦大学化学系教授。谢似颜，曾留学日本，在东京高等师范学校体育系学习，回国后一直从事体育教育工作，曾在北京师范大学等任教，有著作《鲁迅旧诗录》《奥林匹克沧桑录》《田径赛的理论与实际》《西洋体育史》等传世。

从一九三一年《中学各科学习法》出版，到现在已有九十年的光景。如今我们在新旧书肆上，已经很难见到它的踪影了，其原因待考。由此想到，也是在一九三一年，夏丏尊不再担任《中学生》杂志主编，而由叶圣陶接任。此后夏、叶二位继续依照前人的做法，联手为杂志组织撰写专栏，将文章汇集到一定数量，再整理成书。其中最有名的著作《文心》，直到今天还在不断再版。二老的文字融为一体，五十年后叶圣陶说，连他自己都分不清哪篇是谁写的了。《文心》之后，他们又合著《文章讲话》《阅读与写作》，合编《开明国文讲义》《国文百八课》《初中国文教本》等，他们二人也成为彼此一生中最好的朋友。夏丏尊的女儿阿满十六岁来到叶家，后来与叶圣陶的长子叶至善成婚。一九四三年，夏丏尊受到日本宪兵羁押迫害，积郁成疾，于一九四六年去世。叶圣陶一直对夏丏尊怀念不已，他的孙女叶小沫回忆，一次吃饭时，提到她的外公夏丏尊，叶圣陶忽然泪流满面，连声说："好人！好人！"此时，她的父亲叶至善的眼圈也红了。

梁启超的国学书目

　　梁启超，生于一八七三年，字卓如，号任公、饮冰室主人等，广东新会人。一生主张革旧鼎新，自号中国之新民。其人其事，世人尽知，本文无需多言。只是多年阅读梁氏文章，有三点记忆十分深刻：一是梁启超祖父梁维清的教育，如梁启超《三十自述》所言："四五岁就王父及母膝下受《四子书》《诗经》，夜则就睡王父榻，日与言古豪杰哲人嘉言懿行，而尤喜举亡宋亡明国难之事，津津道之。"且说梁家所在的熊子乡茶坑村，距离南宋最终亡国之地崖山，只有七里多的路程，梁氏的祖坟也在崖山。每年清明，梁家去崖山祭祖，需要乘船，途经南宋舟师覆灭处，可以见到一座高达数丈的巨石，岿然屹立在海中，上书八个大字曰:"元张弘范灭宋于此。"每当此时,梁维清总会声泪俱下,将宋亡的故事讲述一遍。二是梁启超父亲梁宝瑛的教育,除去通常的读书做人之外,梁宝瑛经常会质问梁启超说:"汝自视乃如常儿乎?"此语振聋发聩,让梁启超一生不敢忘却,使他在生活中,建立起不甘平庸的品格。三是梁启超十二岁中秀才,十七岁中举人,主考官李端棻欣赏其才华,以妹相许。如此春风得意,让梁启超沾沾自喜。没想到中举后,翌年梁启超与陈通甫来到万木草堂,拜见康有为,当他们听到康有为一番教诲之后,顿感身心受到巨大的震动。后来梁启超写道:"先生乃大海潮音,作狮子吼。取其所挟持之数百年无用旧学更端驳诘,悉举而摧陷廓清之。自辰入见,及戌始退,冷水浇背,当头一棒。一旦尽失其故垒,惘惘然不知所从事,且惊且喜,且怨且艾,且疑且惧,与通甫联床竟夕不能寐。"(《三十自述》)

梁启超一生勤于笔耕,留下一千多万字的文章,内容涉及政治与学术两界,其才学堪称当世无双,如黄遵宪所言:梁启超文字"惊心动魄,一字千金,人人笔下所无,却为人人意中所有,虽铁石人亦应感动。从古至今,文字之力之大,无过于此者矣"(《致饮冰主人书》)。近日以梁启超读书法为标的，重读他的几部重要著作，如《中学以上作文教学法》《读书分月课程》《国学入门书要目及其读法》《要籍解题及其读法》《中国历史研究法》《古书真伪及其年代》等，其中许多论说，依然历久弥新。本文略说几段故事：

先从梁启超《国学入门书要目及其读法》说起。此书完稿于一九二三年四月二十六日，此前却有一段著名的故事：也是在这一年初，清华学校胡敦元等学生将要赴美留学，他们请胡适开列一个书目，希望能在"短时期中得着国故学的常识"。此年二月二十五日，《东方杂志》刊载了胡适开列的书目，有一百九十种，题曰《一个最低限度的国学书目》，分为三个部分，即工具之部、思想史之部、文学史之部。三月四日，《读书杂志》转载了这个书目。《清华周刊》的记者看到后，给胡适写了一封信，针对这个书目提出两点意见：一是批评胡适所说的国学范围太窄，再一是批评胡适推介的思想史、文学史的内容太深云云。为此胡适回信，在解释上述问题之外，又圈点出一个"实在的最低限度的书目"。

大概是在同时，《清华周刊》的记者将这个题目转给了梁启超，请他仿此体例，再开列一个书目。此时梁启超"顷独居翠微山中，行箧无一书，而记者督责甚急，乃竭三日之力，专凭忆想所及草斯篇"（《国学入门书要目及其读法》序）。其中开列的书目，也是一百九十种。五月十一日，梁启超文章刊载于《清华周刊》。一九三六年，中华书局出版梁启超《国学指导二种》，收录此文。梁启超将书目分为六类，即修养应用及思想史关系书类、政治史及其他文献学书类、韵文书类、小学书及文法书类、随意涉览书类。对于每一类中的书，他详细注明，哪些要背诵，哪些要翻阅多次，哪些要看注释、看谁的注释，哪些要抄写下来，哪些章节要精读，哪些章节要选读云云。比如《论语》《孟子》《老子》等要能背诵，《礼记》要选读，《墨子》要精读，《周易》中的《系辞传》《文言传》要背诵，《卦象传》要抄写下来，随时省悟云云。再如读史，一要就书而摘读佳文，重点在前四史加上《明史》；二要就事而摘读志书；三要就人而摘读传记云云。还如韵文，《诗经》《楚辞》要背诵，《文选》要择读，《乐府诗集》专读其中不知作者姓名之汉古辞云云。另外，随意涉览的书如《四库提要》《世说新语》《文心雕龙》《徐霞客游记》《梦溪笔谈》《困学

纪闻》《通艺录》《癸巳类稿》《东塾读书记》《庸盦笔记》
《张太岳集》云云。

　　写罢《国学入门书要目及其读法》，梁启超意犹未尽，
又写下三篇附录：附录一是《最低限度之必读书目》，他写
道："右所列五项，倘能依法读之，则国学根柢略立，可以
为将来大成之基矣。惟青年学生校课既繁，所治专门别有
在，恐仍不能人人按表而读。今再为拟一真正之最低限度
如下："四书"、《易经》、《书经》、《诗经》、《礼记》、《左
传》、《老子》、《墨子》、《庄子》、《荀子》、《韩非子》、《战
国策》、《史记》、《汉书》、《后汉书》、《三国志》、《资治
通鉴》（或《通鉴纪事本末》）、《宋元明史纪事本末》、《楚
辞》、《文选》、《李太白集》、《杜工部集》、《韩昌黎集》、
《柳河东集》、《白香山集》。其他词曲集随所好选读数种。
以上各书，无论学矿学工程学……皆须一读。若并此未读，
真不能认为中国学人矣。"附录二是《治国学杂话》，此
处不表。附录三是《评胡适之的〈一个最低限度的国学书
目〉》，此文开篇就写道："胡君这书目，我是不赞成的，因
为他文不对题。胡君说：'并不为国学有根柢的人设想，只
为普通青年人想得一点系统的国学知识的人设想。'依我

看，这个书目，为'国学已略有根柢而知识绝无系统'的
人说法，或者还有一部分适用。"接着，梁启超批评胡适
只按自己的主观意志开书目，把应读的书与应备的书混为
一谈，把应知道的书与必读的书混为一谈，既没有给出读
书的源头，也没有给出读书的顺序。比如不推荐《史记》，
却推荐《史记探源》，不推荐《尚书》《史记》《礼记》《国
语》，却推荐《考信录》。更为奇怪的是，胡适不推荐那么
多经典著作，却推荐《三侠五义》《九命奇冤》《儿女英
雄传》云云。面对梁启超的批评，胡适并未答复，甚至在
一九二九年，梁启超去世的第二天，胡适在《追忆梁启超》
一文中，只是说梁启超"他对我虽有时稍露一点点争胜之
意"。文中胡适还讲述了梁启超请他为《墨经校释》作序的
故事，因为观点不同，著作出版时，梁启超将胡适的序文
移为书后序。对于此种做法，胡适有点介意，但还是夸赞
梁启超："这都表示他的天真烂漫，全无掩饰，不是他的短
处，正是可爱之处。"

　　以上为一九二三年春季，梁启超开列国学必读书目的
故事。还应当提到，也是在这一年秋季，梁启超在清华学
校教授"群书概要"课程，后来讲稿结集为《要籍解题及

其读法》，一九二五年《清华周刊》出版单行本，一九三六年被中华书局收入《国学指导二种》。此书讲述典籍十一种：《论语》《孟子》《史记》《荀子》《韩非子》《左传》《国语》《诗经》《楚辞》《礼记》《大戴礼记》。梁启超在该书序文中强调："一个受过中学以上教育的中国人，对于本国极重要的几部书籍，内中关于学术思想者若干种，关于历史者若干种，关于文学者若干种，最少总应该读过一遍。"接着他讲述了读书生活中有用与无用的关系、易读与难读的关系，很有启发性。更为宝贵的是，在此书中，梁启超给出了每一部典籍的阅读方法，诸如读《论语》的六种方法，读《孟子》的四种方法，读《史记》的七种方法云云，它们正是梁氏读书法的精髓。

张中行谈读写

　　张中行，生于一九〇九年一月七日，原名张璇，学名张璿，字仲衡。张中行在文章《乡里》中写道，他出生的两个月前，慈禧太后、光绪皇帝死去，一个月后宣统皇帝登基，所以他名义上，"竟顶戴过两个皇帝"；他出生一年之后，哈雷彗星就光临了。

　　张中行的出生地，在河北香河石庄，"家庭是京津间一个农户，虽然不至缺衣少食，却连'四书''五经'也没有"。张中行说，"北方不像江南多有藏书之家，可以走宋濂的路，借书看"。但在张中行的家乡，家藏小说颇为流行，如《济公传》《小五义》《红楼梦》《金瓶梅》《聊斋志异》《三国演义》《镜花缘》等，村民们自家阅读，也会彼此交换着看，这些构成了张中行早年的读书生活。再说求学经历，张中行读罢初小、高小，又去读师范学校，兼做那里的图书馆管理员。读书多了，开阔了视野，难忘的作家与著作，有绍兴周氏兄弟、张资平、徐枕亚，还有《唐·吉诃德》等。师范毕业后，张中行考入北京大学文学院中国语言文学系，他的师辈中有刘半农、胡适、周作人、顾颉刚、钱玄同等。那段生活，有两点让张中行难忘：一是课不多，还可以不到；二是图书馆书多且自由，借阅不限多少，不限时间。张中行说，那一段北大的学习生活，使他学会了如何多读书，如何找好书，也使他最终成为一个博而不专的杂家。

张中行的职业生涯，先是在中学、北大教书；一九四九年后，进入人民教育出版社做编辑，直至终年。回望他的一生，貌似平平淡淡，细细品味，却有许多让人称奇的故事。

其一，一九五八年，杨沫小说《青春之歌》出版后，风靡一时，后来知道，书中余永泽的原型，竟然是张中行，为此人们议论纷纷。一九八六年，张中行散文《负暄琐话》《负暄续话》《负暄三话》等陆续出版，立即获得极高赞誉；又如《顺生论》，启功称之为当代《春秋繁露》。此时的张中行，与《青春之歌》中的余永泽联系起来，三十年河东三十年河西，越发让人感叹世事无常。谈到那段往事，张中行并未回避，他在《流年碎影》中写道，他与杨沫分手，根本原因在于思想差异："所谓思想距离远，主要是指她走信的路，我走疑的路，道不同，就只能不相为谋了。"目睹此情此景，陈平原说："同一个北大，在《青春之歌》以及'负暄三话'中，竟有如此大的反差——前者突出政治革命，后者注重文化建设。这两个北大，在我看来，都是真实的，也都有其合理性。"

其二，张中行文章走红，一在内容，二在文字的奇妙。季羡林说："中行先生的文章是极富有特色的。他行文节奏短促，思想跳跃迅速；气韵生动，天趣盎然；文从字顺，但绝不板滞，有时宛如大珠小珠落玉盘，仿佛能听到节奏的声音。中行先生学富五车，腹笥丰盈。他负暄闲坐，冷眼静观大千世界的众生相，谈禅论佛，评儒论道，信手拈来，皆成文章。这个境界对别人来说是颇难达到的。我常常想，在现代作家中，人们读他们的文章，只需读上几段而能认出作者是谁的人，极为稀见。在我眼中，也不过几个人。鲁迅是一个，沈从文是一个，中行先生也是其中之一。"那么，张中行文章师承哪里呢？当然是他的老师周作人。陈平原、孙郁都提到，张中行《负暄琐话》与周作人《知堂回想录》，大有形神相近之处。孙郁说："张中行把苦雨斋的高雅化变成布衣学者的东西，就和百姓的情感接近了。"其实周氏兄弟的文章都让张中行倾倒，但他写道："单说散文，我觉得最值得反复吟味的还是绍兴周氏兄弟的作品。何以这样觉得？我讲不出道理，正如情人眼里出西施，没有理由，就是爱。还有进一步讲不出道理的，是老兄的长戈大戟与老弟的细雨和风相比，我更喜欢细雨和风。也想过何以这样分高下，解答，除了人各有所好以外，大概是冲淡更难，含有更深沉的美。"有一次，张中行对孙郁说，周氏两兄弟，周作人偏于疑，鲁迅偏于信。

其三，回顾张中行的职业生涯，他做编辑的时间最长。后来张中行的文章，处处可见一位老编辑的气质。让我难忘的文章如《动笔前想想，如何？》《让人哭笑不得的南怀瑾》，文中张中行对编辑职业的认识与胆识，实在让人钦佩。有言张中行与季羡林、金克木，并称"燕园三老"，三人又与邓广铭合称"未名四老"。就职称论，那几位都是教授，唯独张中行是编审，也算是编辑行业的一点荣誉了。

但荣誉源于哪里呢？不单是张中行编过什么书，也不单是张中行的散文，更是那么多与职业相关的研究著作，如《文言津逮》《作文杂谈》《文言与白话》《诗词读写丛话》《谈文论语集》《文言常识》，以及《汉语课本》《古代散文选》《文言文选读》《文言读本续编》，等等。张中行处在一个变革的时代，社会与文化形态的转型，加上个人的天赋、学识，以及边缘化处境，都为他的思考提供了充裕的时间与空间。

由于职业背景的差异，张中行谈读书与写作，往往与普通学者不尽相同。他是进过"文化后厨"的人，见识过叶圣陶、吕叔湘等大家文章的加工过程，参与过国家文化建设的基础性工作。因此，听张中行谈读写，确实别有一番独到的滋味。比如读张中行文章，发觉他对古今图书的评价，不衫不履，散散落落，很有启发性。

其一，写作三要素：精确，深远，优美。谁最优美呢？论说话，最优美的是《红楼梦》中的凤姐；论骈文，最优美的四六对句如王勃"落霞与孤鹜齐飞，秋水共长天一色"，苏轼"挟飞仙以遨游，抱明月而长终"；论散文，写景如《水经注》、柳宗元游记，言情如晋人杂帖、苏轼小简，白话如鲁迅《百草园》、朱自清《荷塘月色》。其二，文章讲求信达雅，以达为例，内容的表达要协调。谁最协调呢？《孟子》协调，"思想成一家之言，文笔雄伟畅达，如江河一贯而下，欲罢不能"。谁不协调呢？《韩非子》《论衡》不怎么协调，前者思想差些，文章写得好，出言锋利，头头是道，后者思想高超，文字差些，既不简明，又不流利。其三，写作要内容好。谁的内容好呢？写大事如《赤壁之战》，写小事如《红楼梦》焦大骂街，写伟人要有内外之别，内在思考，外在史实，如司马迁笔下的刘邦，内为刘邦的流氓气，外为刘邦成就帝业。其四，写作要恳挚。谁的文章最恳挚呢？史书如《史记》，写《货殖列传》也要一唱三叹；哲理之文如范缜《神灭论》，义愤之情溢于言表；好词如白居易《杨柳词》："一树春风万万枝，嫩于金色软于丝。永丰房里东南角，近日无人属阿谁？"好曲如《牡丹亭》，杜丽娘之痴情，甚至掩盖了故事的荒唐。其五，写作最忌"瘠义肥辞"（《文心雕龙·风骨》），汉人称："凡事莫过于实，词达则足矣，不烦文艳之辞。"宋人称："辞取达意而止，不以富丽为工。"其六，读书要读好的。何谓好的？取乎上上，如王羲之以卫夫人为师，总是不能满足，见到汉魏名家碑版，才卓然成家；归有光一生用力《史记》，终成文章大家；陶渊明的诗，钟嵘《诗品》不大看得起，到唐宋就高不可及了。其七，好文章的内容一定可信吗？当然不是，如三国时陈琳，曹丕赞扬他长于章表书记，是建安七子中的佼佼者。《文选》收陈琳两篇文章：一篇是为袁绍做事时写的，其中骂了曹操的祖宗三代；另一篇是为曹操做事时写的，又夸赞曹操"丞相衔奉国威，为人除害"。其八，前人赞扬的文章就一定好吗？不一定，如宋代吕谦《东莱先生左氏博议》，即《东莱博议》，很受前人赞誉，其实"瑕疵很多，强词夺理，装腔弄势，尤其见识很庸俗"。其九，谁的日记写得好呢？一为《鲁迅日记》，再一为李慈铭《越缦堂日记》，后者"上天下地，无所不包，而中心是谈读书所得，谈学问"。其十，谁的文章可学，谁的不可学呢？旧时代文人有言，《庄子》不可学，高山仰止，上不去，退而学韩柳，再退而学方苞、姚鼐，甘心做桐城派的末流。其十一，哪些文章开头、结尾写得好？开头好，如韩愈《师说》；结尾好，如范仲淹《岳阳楼记》；开头结尾都好，如归有光《项脊轩志》，鲁迅《从百草园到三味书屋》《阿长与〈山海经〉》。

钟叔河学其短

　　钟叔河，一九三一年生于湖南澧县，祖籍平江。父亲
钟昌言，清末曾参加科举考试，成绩优秀，成为一名佾生，
俗称"半个秀才"。新学兴起，钟昌言就读于时务学堂，即
后来的求实书院、湖南大学堂，梁启超为总教习。钟叔
河出生时，父亲已经五十八岁，在学校中教授数学，到
八十八岁去世。令他难忘的记忆：一是父亲从不限制晚辈的
读书范围，养成他一生不变的阅读习惯。也有例外，钟叔
河十岁时，一位堂叔戏弄他，给他读《金瓶梅》，父亲发现
后大怒，把那位堂叔打了一顿。二是一九四七年，钟叔河
在长沙读高中时，参加学生运动被三青团打伤，年逾七旬
的父亲赶到医院，见到他头缠纱布躺在病床上，不禁哽咽。

钟叔河说，那是他见到父亲唯一的一次落泪，让他一生难忘。三是一九四九年后，父亲受聘为文史馆馆员，作为高级知识分子，有省图书馆的特种借书证，这让钟叔河在以后的岁月中，能够有书可读。当然追溯文脉，还有平江地域文化的影响。钟叔河记得，早年母亲吟唱童谣："平江出人了不得，余蛮子带兵打外国。李次青，张岳龄，七篇文字钟昌勤。"母亲对他说："平江出人，作文章的有钟昌勤，你也姓钟，要争气啊。"

钟叔河十八岁读高中时，调入《新湖南报》做记者、编辑，没有再去读书。后来人生坎坷，世事多变，只有两点未变：一是发奋读书的习惯始终不会改变；再一是独立思考的品质始终不会改变。当然，戏称"湖南骡子"的性格更不会改变。四十九岁时，钟叔河走出困境，来到出版社做编辑，到六十五岁离休，时间不是很长，但他编的书、做的事情却名扬天下。他是怎样做到的呢？我觉得，正是上面那两个不变，起着关键的作用。几个成名的出版项目，都可以在他的读书生活与深入思考中，找到植根的依据。

一是周作人的书，钟叔河早年从兄姊的《复兴初中国文读本》中，读到周作人《买汽水的人》《金鱼、鹦鹉、叭

儿狗》，后来父亲买来《作文与修辞》，其中收录周作人
《故乡的野菜》，再接下来，他读到《周作人散文》《周作
人文选》《苦茶笔记》《风雨谈》《苦竹杂记》《希腊的神与
英雄》。直到上世纪六十年代，钟叔河直接给周作人写信，
周作人送给他两本书，还有两幅字等。其中有抄《雨天的
书·蔼理斯的话》："我们手里持炬，沿着道路奔向前去。不
久就要有人从后面来，追上我们。我们所有的技巧，便在
怎样的将那光明固定的炬火递在他的手内，我们自己就隐
没到黑暗里去。"正是这漫长的铺垫，种下了钟叔河深深的
情结。还有进一步的思考，钟叔河认为，周氏兄弟是第一
代现代中国知识分子的代表。周作人的文章，将中国读书
人的劣根性剖析得最深刻，对中国历史上的黑暗批判得最
彻底。上世纪八十年代，钟叔河组织出版《知堂书话》，这
也是一九四九年之后，国内第一次出版周作人的文集。二
是曾国藩的书，钟叔河很小的时候就读过《曾文正公家
书》，印象深刻。一九八三年，钟叔河申报出版《曾国藩全
集》，称曾国藩为"中国传统文化的最后的总代表，旧文化
的最后一位集大成者"。在李一氓等人的支持下，此书被列
入国家古籍整理计划，《曾国藩全集·家书》先行推出。三

是"走向世界丛书",其中的一些书,如容闳《西学东渐
记》,他初中时就在家中读过,还读过康有为、梁启超、黄
遵宪、黎庶昌等人的书。后来钟叔河认识到,中国的问题,
实际上是一个如何走出旧世界、走向新世界的问题,所以
中国不能不实现现代化,不能不走向世界。清末那一代文
人跌跌撞撞地走向世界,为我们留下许多可以借鉴的文字
记载。为此钟叔河组织出版"走向世界丛书",并在《读
书》杂志上发表丛书的绪论。钱锺书读到钟叔河的文章后,
主动约他来京时到家中做客,还鼓励他将绪论结集出版,
主动提出为他作序。后来杨绛写信给钟叔河称:"他(钱锺
书)生平主动愿为作序者,唯先生一人耳。"

如果说,读书与思考是钟叔河做事的两块基石,那么
身处编辑行业,拥有两支笔的本领,所谓"蓝笔自娱,朱
笔编文",又是钟叔河的另一个标识。他善写文章,十五岁
有札记《蛛窗述闻》署名病鹃,十八岁有小说《季梦千》,
署名"杨蕾"云云,近四十年著述极多。如今钟叔河已经
九十岁高龄,依然撰文不断。我最期盼的文字,还是他迟
迟未完成的自传。自传中,钟先生会怎样写呢?其实在他
等身的著作中,笔下星星点点,隐约刻画着他的身影。本

文略过此事，单说钟叔河的学识，则以摘取高论、臧否人物、品鉴文章最有见地。比如钟叔河记道，清人田雯批评朱熹、曾巩某些文章繁冗无体要，读来令人昏睡，周作人评价鲁迅论事喜欢"立异鸣高"，故意地与别人拗一调。再如钟叔河点评文章：最出色者，古人有张岱，今人有周作人；散文家，第一代有徐志摩、梁玉春，叶圣陶、冰心是最后陨落的星辰，第二代中"有学有术"者，黄裳是一位；朱自清的文章初读让人感动，周作人的文章初读有些平淡，却有着更深的意思；袁珂《神话学》是很幼稚的；中国新文学中真正搞出些作品的是沈从文，但他像周作人自我评价的一样，都是"无鸟之乡的蝙蝠"，很可怜的，没有成气候。

上世纪九十年代初，钟叔河提出，写作要有"学其短"的精神，即向古人学习，向古文学习，把文章写得短小精悍，写得干净。那么怎样才能达到如此境界呢？钟叔河有著作《学其短》面世，他说最初的想法，只是为孙辈选些古人的好文章来读，由此引发种种联想，遂成此书。没想到最初的一点教育因素，也为后来此书成为畅销书留下伏笔。如今三十年过去，这部书不断修订，不断再版，由一小册变成了多卷本，书名也改为《念楼学短》，其中"念楼"，缘于钟叔河居住廿楼的谐音。另外还有简要版《千年的简洁》出版。《念楼学短》再版的次数多不胜数，钟叔河自序、再版自序，累计写过七篇，每篇都不到五百字，果然是身体力行了。二〇〇九年六月，杨绛在年近百岁之时，为《念楼学短》新版写序，她称赞道："《念楼学短》合集，选题好，翻译的白话好，注释好，读了能增广学识，读来又趣味无穷。不信只要试读一篇两篇，就知此言不虚。多言无益，我这几句话，句句有千钧之重呢！"这一段话里面，包含着杨绛的智慧与幽默，如"句句有千钧之重"一句，接的是前文一段话："老人腕弱，要提笔写序，一支笔是有千钧重啊！"

我最初读的《学其短》是单卷本，钟叔河自序写到第三篇，读来深深喜爱，几番向业内同人及后学推荐。三年前读到的最新版《念楼学短》，已经是厚厚两大本的巨著了，并且成为印行十七万册的畅销书。细细翻阅，我再次赞叹钟叔河宝刀不老，思想历久弥新。何处不老、新在哪里呢？说穿了，还是钟叔河的老传统，多读书与独立思考，那两块基石在起作用。多读书带来的结果是书中选文丰厚

而恰当，独立思考带来的结果是选文注说精准而独到。如
选文的目录：论语十篇、孟子九篇、檀弓十篇、左传十
篇、国语九篇、战国策十篇、庄子十篇、诏令十四篇、奏
对十四篇、箴铭九篇、书序十四篇、文论九篇、诗话九篇、
世说新语十一篇、容斋随笔九篇、老学庵笔记十篇、宋人
小说类编十篇、南村辍耕录五篇、菽园杂记六篇、古今谭
概五篇、广东新语八篇、广阳杂记十一篇，等等，一直开
列下去，实际上是钟叔河的读书笔记。回望历代选家，人
人言殊，而这一册《念楼学短》，最见钟叔河的读书功力；
当然还有选文下的"念楼读"与"念楼曰"，前者为古文今
译，文字精准干净，后者为选家评注，见解独立奇绝。如
全书最后一篇短文，选的是金人瑞《字付大儿》："字付大儿
看，盐菜与黄豆同吃，大有胡桃滋味，此法一传，我无遗
憾矣。"金人瑞，字圣叹。这是金圣叹临刑前，写给大儿子
的遗墨。钟叔河再附以金圣叹的绝命诗云："鼟鼓三声响，
西山日正斜。黄泉无客店，今夜宿谁家。"如此读下来，看
官得到的感受，就不仅是"学其短"了。

季羡林的读书生活

　　季羡林，字希逋，又字齐奘，一九一一年生于山东省清平县。在他祖父一辈中，曾出过一位举人，任过教谕。父辈大排行十一人，季羡林的父亲季嗣廉排行老七。而在十一位父辈的后代中，只有季羡林一个男孩。季羡林早年在家乡识字，六岁时离家去济南，来到九叔家生活。叔父对季家的"独苗"格外关爱，他希望季羡林多读书，将来有所成就。叔父亲自编了一本《课侄选文》，其中多为理学的文章，供季羡林学习；他还禁止季羡林读闲书，要他集中学习《百家姓》、《三字经》、"四书"等典籍。那么在叔父的眼中，什么书是闲书呢？就是《彭公案》《济公传》《三国演义》《西游记》一类旧小说，这些书却是季羡林的最爱。他在家中读书时，书桌上摆放着正经的课本，书桌下有一口装粮食的大缸，季羡林把闲书藏在缸中，趁叔父不在时，拿出来偷偷阅读，叔父出现了，他再将闲书扔回缸里去。但回忆起那段生活，季羡林对叔父充满了感激之情，正是在叔父的努力下，他才能够读到较好的小学、中学，遇到一些优秀的教师，如鞠思敏、王寿彭、王崐玉、胡也频、董秋芳、夏莱蒂、董每戡等。中学正式的课程有国文、英、数、理、生、地、史，其中国文课，主要讲解、背诵《古文观止》一类典籍，为季羡林打下中文基础，让他还能写出很好的文章。另外，叔父安排季羡林在课余时间参加古文学习班，读《左传》《战国策》《史记》等，参加英文、德文学习班，每天学习到晚间十点，这样的生活持续了八年多，对季羡林后来的学业起到重要的铺垫作用。

一九三〇年，季羡林高中毕业，进京参加高考，他只报考了清华大学、北京大学，结果两所学校都录取了他。当时季羡林志在大学毕业后出国深造，因此选择了清华大学西洋文学系，专修德文四年。季羡林后来回忆说，在这四年中，他最大的收益不单是德文正课，还有一些选修课，如朱光潜文艺心理学、陈寅恪佛经翻译文学、叶公超英语课、吴宓中西诗之比较，还有旁听或偷听的外系的课，如朱自清、俞平伯、冰心、郑振铎等名家的课程。季羡林记得，冰心将他们这些偷听课程的男学生赶出课堂，郑振铎却对他们很好，后来还结下了师生的友谊，郑振铎曾推荐季羡林的文章在《文学季刊》上发表。再者，季羡林的同学中人才辈出，如吴组缃、林庚、李长之，跟季羡林是最好的朋友，他们有"清华四剑客"之称。还有有"南北乔木"之称的乔冠华、胡乔木，都是季羡林的大学同学。季羡林记得，当时在历史系读书的胡乔木，一天晚上坐在季羡林宿舍的床边，动员他参加革命的往事。后来乔冠华与季羡林一起去德国留学。

大学四年，季羡林以全优的成绩毕业。他回到山东工作一年后，申报清华大学留德交换生，获得通过，拟去德国学习两年。一九三五年九月，季羡林来到德国哥廷根大学，师从瓦尔德施米特教授，主修印度学。不久第二次世界大战爆发，瓦尔德施米特教授参军离开，学校又将已经退休的西克教授请回来，为季羡林上课。在此期间，季羡林学习了梵文、巴利文、吐火罗文，以及俄文、南斯拉夫文、阿拉伯文等。一九三七年，两年交换生学习期满，但

受到战乱的影响，季羡林无法回国，生活出现困难。此时
哥廷根大学汉学研究所所长哈隆教授聘请季羡林为汉文讲
师。哈隆教授是汉文专家，本人有著作《月氏考》名世。
一九四一年，在瓦尔德施米特教授的主持下，季羡林获得
哲学博士学位。

　　这里补充两段故事：一是瓦尔德施米特教授，早年在柏
林大学读书时，曾经与在那里留学的陈寅恪同学，二人都
是梵学大师海因里希·吕德斯教授的学生。而季羡林认为，
世界上最优秀的两位考据大师，正是吕德斯与陈寅恪。二
是西克教授，他是研究吐火罗文的大师，有合著五百多页
《吐火罗语语法》名世。在季羡林的教学安排中，原本没有
吐火罗语这一门课程，但已至耄耋之年的西克教授，根本
没有征求季羡林的意见，直接为他安排时间上课，季羡林
说："我只好下定决心，舍命陪君子了。"后来季羡林怀念西
克教授，除去德国学者的彻底性研究法之外，还有那样的
一番景色：下课后，天色已晚，落雪积得很深。那时战时灯
火管制，长街上漆黑一团，季羡林紧紧地抓着西克教授的
胳膊，搀扶着他缓缓地走在雪地上，四周安静得吓人，只
能听到二人踏雪的脚步声。

一九四六年，季羡林结束留德十年，返回中国，经陈寅恪向傅斯年、胡适推荐，文学院院长汤用彤安排，受聘为北京大学东方语言文学系主任，最初为副教授，但一周之后，又被任命为正教授。这个由副转正的过程，一般需要几年的时间。后来季羡林开玩笑说，他这么快转为正教授，应该是一项吉尼斯世界纪录了。此后除去"文化大革命"时期，季羡林一直任职到一九八三年。

读罢季羡林的读书经历，还有几件事情让人难以忘怀。其一，季羡林留学德国之初，他选课时立下大誓：坚决不写有关中国的博士论文。原因有二：一是鲁迅曾讽刺某些留学生，在国外研究老子、庄子，回国后讲的却是黑格尔、康德，让人鄙视。二是季羡林讲到一段故事：一位搞自然科学的中国留学生为了投机取巧，主系选好后，副系选了汉学。口试时汉学教授问道："杜甫与莎士比亚，谁先谁后？"结果他答错了。教授说："你落第了，下面的问题不必再提了。"其二，季羡林说，在他的一生中，国内有四位先生对他帮助最大：第一位是冯友兰，如果没有他签订德国与清华大学交换研究生的协定，季羡林根本没有机会去德国留学。第二位是胡适，季羡林称赞胡适毕生从事考据学，迷信考据学，他的"大胆的假设，小心的求证"，是最重要的研究方法。他还称赞胡适对陈寅恪的帮助，引用陈寅恪悼念王国维的诗写道："鲁连黄鹞绩溪胡，独为神州惜大儒。学院遂闻传绝业，园林差喜适幽居。"(《王观堂先生挽词》)第三位是汤用彤，没有他的提携，季羡林根本没有机会来到北京大学工作。第四位是陈寅恪，从学术方向到研究方法，陈寅恪对季羡林的影响太大了。季羡林在《水木清华》中赞道："他的分析细入毫发，如剥蕉叶，愈剥愈细愈剥愈深，然而一本实事求是的精神，不武断，不夸大，不歪曲，不断章取义。他仿佛引导我们走在山阴道上，盘旋曲折，山重水复，柳暗花明，最终豁然开朗，把我们引上阳关大道。读他的文章，听他的课，简直是一种享受，无法比拟的享受。"其三，季羡林从一九七三年开始翻译《罗摩衍那》，一九八〇年第一卷出版时，季羡林恰好去德国哥廷根访问，有机会拜见他的老师瓦尔德施米特教授。此时教授年事已高，住在一座养老院中。他见到季羡林奉上《罗摩衍那》第一卷，立即板起脸来，很严肃地责怪季羡林说："你应该继续搞你的佛典语言研究啊，怎么弄起这个了呢？"可是教授哪里知道，季羡林开始翻译这部八卷本的世界名著时，他只是文学系资料室的看门人。那时他没有办法搞学术研究，自己又不肯虚度时光，所以才有了这部巨译的诞生。而且这部译作被国际学术界称为一百年来，除英文之外，第二个全译本。其四，季羡林一生涉及的学术领域、获得的荣誉头衔很多。他自己总结，开列出十四个研究方向：印度古代语言、佛教梵文、吐火罗文、印度佛教史、中国佛教史、中亚佛教史、糖史、中印文化交流史、中外文化交流史、中西文化之差异与共性、美学和中国古代文艺理论、德国及西方文学、比较文学及民间文学、散文及杂文创作。其五，季羡林晚年，将人类历史划分为四个文化体系：中国文化，印度文化，从古代希伯来起经过古代埃及、巴比伦以至伊斯兰阿拉伯文化的闪族文化，肇始于古希腊、罗马的西方文化。前三者为东方文化，第四个属于西方文化。这两大文化体系的关系是：三十年河东，三十年河西。

　　最后，简要说一说季羡林最喜爱的书。有《史记》，有陶渊明、李白、杜甫、李煜、苏轼、纳兰性德的诗词文章，有《儒林外史》《红楼梦》等。而在众多"最喜欢的书"之中，哪一本排在第一位呢？是《世说新语》。季羡林称赞它"每一篇几乎都有几句或一句隽语，表面简单淳朴，内容却深奥异常，令人回味无穷"。当然如此喜爱，还有一个重要的原因：他的老师陈寅恪"生平致力于读《世说新语》，几十年来眉注累累。日寇入侵，逃亡云南，此书却失于越南"。

沈昌文与他的作者们

沈昌文，本名沈锦文，一九三一年九月二十六日生于上海。其祖父早年做厨师，后来在一所中学做总务，再后来做"包饭作坊"，家境很好。祖父去世后，由祖母打理生意。父亲沈汉英，自幼受家中溺爱，吸食鸦片，不做事情，二十九岁过世，那时沈昌文只有三岁。不久家道败落，举家避债逃亡，沈昌文跟随母亲，来到宁波外祖父家，一年之后又回到上海，依靠祖母开一间米店艰难度日。童年的生活，给沈昌文留下三点难忘的记忆：一是父亲的事情，使他一生痛恨鸦片，后来在小店打工，见到客人使用的烟灰缸，也会感到恶心；二是受母亲影响，认为上海人懒惰，宁波人勤奋；三是祖母经常说"我们是好人家子弟"，不准跟

"野蛮小鬼"玩耍，不许说脏话。

祖母说，好人家的孩子，一定要读好学校。当时教育家陈鹤琴、葛鲤庭、章印丹等人，创办了一所很好的北区小学，沈家却交不起学费。好在沈昌文二姑妈的王姓婆家，有人在做政府文员，而文员的子弟可以免费入学。于是祖母将沈昌文落到这位亲戚的名下，改为"王"姓，又按照王家孩子的排行，将锦文改为"昌文"。就这样，沈锦文以"王昌文"的名义，进入北区小学读书，六年毕业后，才将姓氏改回来，但名字未改，就称沈昌文了。祖母还说，不跟"野蛮小鬼"玩耍，就是要养成爱读书的习惯。后来沈昌文学徒谋生，余下的精神生活，只有多读书了。他曾从垃圾堆中捡到生活书店的"世界文库"，爱不释手，还借给邻家女孩於梨华阅读，於梨华后来成为名作家。他还捡到《万象》杂志，以至于他六十几岁后念念不忘，创刊新版的《万象》杂志。再者，沈昌文边学徒边读书，陆续念了二十几个学校、夜校、讲习班，学过的课程包括速记、会计、摄影、英语、西班牙语、世界语、俄语、无线电、古汉语等；遇到的教育家、名师有黄炎培、潘序伦、储安平、丁文彪、刘硕甫、顾执中等。

回忆那段生活，沈昌文说，他真正读完的学校，除了六年小学，还有一所无线电收发报夜校，他完整地学了两年，其余的学习都半途而废了。另外从两所学校被迫辍学：一所学校是育才中学，他从北区小学毕业时，沈恩孚、沈有乾父子资助优秀毕业生学费一年，他得以直接进入育才中学读书。读到初二时，学校要求沈昌文交学费，他下半学期只好悄悄离开学校，去宁波人的金店做学徒。育才中学的教师很优秀，英语教师丁文彪博士毕业于牛津大学，语文教师陈汝惠是小说家。沈昌文一生惋惜、怀念那段中学生活，晚年回忆时，眼中还会闪出泪光。另一所学校是一九四九年六七月，沈昌文考上的民治新闻专科学校新闻电讯系，后转到采访系。这所学校由上海《新闻报》记者顾执中创办，其中名师很多，如陆诒、恽逸群、胡星原、笪移今、潘子农、盛叙功、许杰、姚士彦、颜鹤鸣、顾用中、夏青云等。沈昌文俄文很好，俄文老师顾用中曾把他介绍给姜椿芳，保送到上海俄文专修学校读书。还有当时的"革命大学"也在招生，沈昌文都未能前去就读、应试。而在民治新闻专科学校读了一年半之后，还是因为交不起学费，又要养活母亲，他只好再次不辞而别，辍学去找工作。他离开不久，民治新闻专科学校并入复旦大学。

一九五〇年底，上海人民出版社为北京代招校对员，要求大学二年级以上学历，沈昌文投考录取，翌年三月，去北京人民出版社工作。进京那一年，沈昌文未满二十岁。此后一生从事出版工作，长达六十余年。

最初几年，沈昌文经历了巨大的波折。他本来被划定为工人阶级知识分子，但在"洗澡"运动中，他老实交代自己复杂的历史，结果说过了火，几乎被遣返上海。面临如此境况，一个二十几岁的孩子，根本无力应对。他只能拼命工作，埋头读书，再加上他天生瘦弱，不适应北方的气候，结果得了严重的关节炎、肺结核、神经衰弱，每天睡眠只有两三个小时。在近乎绝望之时，有两件事情，使沈昌文的人生发生了转折：一是在此期间，出版社派沈昌文去上海校对《英华大词典》，有人介绍他认识了时年八十几岁的蒋维乔。蒋维乔教沈昌文学习"因是子静坐法"，又称小周天气功，目的是达到形神合一，实现止观功夫。沈昌文遵循其法，反复锻炼，最后使身体达到无异常人、胜于常人的状态，一生受益。再一是一九五四年，沈昌文翻译的俄文版《出版物的成本核算》正式出版，他还发表了几篇相关文章，受到出版社几位大领导的赏识，结果他不但未遭遣返，还被提拔为总编辑办公室秘书，由一个月薪三十三元的科员，一举提升为行政十七级，月薪九十九元。大领导是谁呢？胡绳、王子野、曾彦修、陈原、史枚、范用、戴文葆等人。

从一九五四年到一九六〇年，大约有六年时间，是沈昌文进入出版生涯的第二个阶段。用他自己的话说，这一段工作经历，等于念了六年的研究生："我到了大概十来位全国最优秀的共产党的编辑和出版家身边，做他们的下手，每天听他们高谈阔论，为他们做记录。我拼命地学习，从他们身上学了好多东西，这是我做校对、做编辑工作之初根本没有想到的事情。"再有，当时曾彦修宣布资料室开放，沈昌文几乎把那里的几万册书读了一遍。一九五四年三联编辑室成立，旨在出版"虽然有某些缺点，但有用处的作品"，陈原兼任主任。而在总编辑办公室中，沈昌文与陈原坐对面，目睹并参与了许多工作。沈昌文称那时的三联编辑室"是知识的大本营，也是知识分子的大本营"。后来他在回忆录中，记载了那些前辈组织作者和书稿的一些事情：范用任期刊室主任时，出版《新观察》《翻译通报》，沈昌文担任校对员，结识了许多翻译家，如郭从周、石宝嫦、王以铸、杨静远等。刘大年在人民出版社出版《美国侵华史》，曾彦修主张用三联的名义，再出一本卿汝楫的《美国侵华史》。陈原亲自跑到西安，找到陈登原，在三联出版《国史旧闻》，还出版了岑仲勉《黄河变迁史》，《胡适思想批判》，张荫麟《中国史纲》等。陈原、戴文葆、史枚按照上级指示，学习日本明治维新的经验，计划出版一亿两千万字的"汉译名著"，第一本是黑格尔《小逻辑》，接着是凯恩斯《就业利息货币通论》，还有《就业利息货币通论批判》。那些年，沈昌文记录的人物还有李慎之、汪子嵩、董乐山、施咸荣、黄雨石、马元德、王荫庭、林基洲、殷叙彝、郑异凡等，留下许多有趣的故事。比如陈登原在《国史旧闻》序中写道："稿成，书贾来，乃付之去。"这里的"书贾"，就是指前去组稿的陈原了。沈昌文读后大吃一惊，问陈原怎么办，陈原闻言一笑置之，照样放行。

　　沈昌文出版生涯的第三个阶段，正是二十世纪八十年代初，范用派他到三联工作的那一段时间。值得记忆的事情太多，先说一九七九年四月《读书》杂志创刊，一九八〇年三月，沈昌文担任三联编辑室主任，开始参与

《读书》杂志的工作。此时前辈们已经做得风生水起，最令
人难忘的文章有三篇：李宏林《读书无禁区》，范玉民《图
书馆必须四门打开》，李以洪《人的太阳必然升起》。此后
沈昌文时代到来了，他面上表现为萧规曹随，内外隐忍，
后来王蒙以无能、无为、无我，点破了《读书》编辑部的
做事风格，再辅以编辑部"五朵金花"的组合——董秀玉、
吴彬、赵丽雅、贾宝兰、杨丽华，使《读书》杂志个性渐
露，蒸蒸日上。沈昌文回忆那时的作者如数家珍：作家专栏
有冯亦代"西书拾锦"、吴岳添"远眺巴黎"、李长声"日
知漫录"、蓝英年"寻墓者说"、王佐良"读诗随笔"、董
乐山"译余废墨"、樊纲"现代经济学读书札记"、赵一凡
"哈佛读书札记"、辛丰年"门外读乐"等。他提到的作者，
还有张中行、舒芜、吕叔湘、夏衍、许国璋、金克木、王
宗炎、陈乐民、徐梵澄、柯灵、王蒙、钱满素、张宽、李
皖、丁聪、葛兆光、王小波、江晓原、何为、汪晖、李零、
谷林、胡乔木、罗孚、陈冠中、黄仁宇、陈四益等。沈昌
文称胡乔木为乔公，他说乔公肯定了《读书》杂志的存在
价值，还投稿《〈人比月光更美丽〉后记》。编辑审稿时，
改动原稿两处，如"我的拙著"，去掉"我的"二字，胡乔

木专门复信感谢。

再说一九八六年一月一日三联书店独立，沈昌文出任
总经理。上任之初，他建立了一个编辑委员会，范用任主
任。此前的作者积累，以及后续的资源添加，尤其是沈氏
作者阵容的壮大，逐渐促成了新三联的基本形态。如陈翰
伯提出重译《西行漫记》，同时出版史沫特莱《大地的女
儿》，《安娜·路易斯斯特朗回忆录》，泰德·阿兰《白求恩
传》。范用组织书稿如杨绛《洗澡》，巴金《随想录》，《傅
雷家书》，"研究者丛书"。许觉民推荐张申府《所思》，张
若名《纪德的态度》。还有张光直《中国青铜时代》，黄仁
宇《万历十五年》《赫逊河畔谈中国历史》，《巴金译文选》，
房龙《宽容》《人类的故事》，茨威格《人类群星闪耀时》
《一个政治家的肖像》，瓦西列夫《情爱论》，潘光旦译《性
心理学》，托夫勒《第三次浪潮》，以及"文化：中国与世
界丛书""新知文库""中华文库"等。

一九九六年一月一日，年已六十五岁的沈昌文接到电
话通知："你已于昨天下午五点钟退休。"此后他情绪小有波
动，但很快又快乐起来。他不会闲下来，也闲不下来。自
身的文化积累与责任，还有晚辈的渴望与追随，推助着他

开始重塑自己的江湖地位。此后沈昌文策划了许多出版项目，他重点记录的作者与著作有：追随王云五出版理念，策划"新世纪万有文库"四百余册；创刊海派风格的《万象》杂志，陆灏主持，辽宁出版；策划"书趣文丛"六十册，如沈昌文所说，这实际上是《读书》杂志的图书版；还有《吕叔湘全集》《古希腊风化史》《古罗马风化史》《欧洲风化史》，以及尹宣译注《辩论》，昆德拉《认》，西田裕司《美丽与孤独》等。直到二〇一〇年，沈昌文又参与策划"海豚书馆"，陆续出版八十多册，他在序言中写道："我今年七十九岁，什么事也没有力气做了。能做的只是为人们讲讲故事，话话前尘。"

二〇二一年一月十日，沈昌文去世，在我们的心中，留下无尽的哀思。

吕叔湘的文字生涯

　　吕叔湘，本名吕湘，字叔湘，一九〇四年十二月二十四日生于江苏省丹阳县。父亲吕东如做纸张生意，母亲钱氏育有三子二女。吕叔湘五岁读私塾，后入小学。一九一八年高级小学毕业，父亲打算让他去学徒，高小老师给父亲捎话说："这孩子天资好，不继续读书太可惜了。"因此父亲允许他考取江苏省立第五中学，去常州读书。第五中学的校长童斐，著有《元曲》。一九二二年中学毕业，吕叔湘到南京参加高考，考入国立东南大学文理科，主修西洋文学，教授有吴宓、梅光迪等。后来吕叔湘回忆说：在东南大学时，除了上英国文学史、世界文学、英文选读等课，"我念的课相当杂，像印度哲学、比较宗教学……所以我在一定程度上是个'杂家'，这对于我后来几次改变工作，还是很有利的"。一九二五年，他到北京大学借读一年，翌年六月回到南京，在东南大学毕业后，去做中学教师。在苏州中学任教时，曾与沈问梅、胡达人、汪毓周等合编《高中英文选》，翻译《人类学》《初民社会》《文明与野蛮》等。

一九三五年七月，吕叔湘考取江苏省久任教师公费留学，学期二年，可以延期一年。翌年二月去英国，最初在牛津大学人类学系听课，结识了杨宪益、钱锺书、杨绛、俞大纲、俞大缜、向达等。半年后他去伦敦大学读书，选修图书馆管理、参考书、分类编目三门课程，经常与黄少谷、王礼锡、蒋彝、熊式一等聚会。一九三七年听闻日军侵占上海，吕叔湘心绪不安，曾送向达一册《文明与野蛮》，在扉页上题诗曰："文野原来未易言，神州今夕是何年！敦煌卷子红楼梦，一例逃禅剧可怜。"

一九三八年四月，吕叔湘回国与家人相聚，受聘任云南大学文史系副教授，讲授英文。翌年受朱自清《新的语言》一文启发，他发表了《中国话里的主词及其它》，这是他相关于汉语语法的第一篇文章。此后他在云南大学增

设"中国文法"课，确定了他一生从事中国语言学研究的
方向。从那时起，他撰写了许多相关文章，陆续出版的著
作有《中国文法要略》《语法修辞讲话》《现代汉语八百词》
《语言和文字》《语法学习》《语文常谈》《语文杂记》《文
言读本》《笔记文选读》《文言虚字》《马氏文通读本》，译
著如《我叫阿拉木》《沙漠革命记》《飞行人》《跟父亲一块
儿过日子》《伊坦·弗洛美》《妈妈的银行存款》《母亲和她
的房客们》《南洋土人逛纽约》《马路边上的人》《莫特一家
在法国》等，此外还有多部文集出版。一九九六年吕叔湘
病逝，享年九十四岁。二〇〇二年《吕叔湘全集》十九卷
面市。

　　有称在中国近百年的历史中，有五位公认的语文教育
家：夏丏尊、朱自清、叶圣陶、吕叔湘、张志公。而其中
的三位——吕叔湘、叶圣陶、张志公，又有语文教育"三
老"之誉。他们不但学问好，人品也极好。张中行曾经称
赞吕叔湘说："其后来往四十年，理解更深，如果愿意评
论，就可以来个偏于内心的，是我认识的许多学界前辈，
其中有不少待人谦和有礼，可是与吕先生相比，像是有点
分别：那些人心里想着谦是美德，吕先生是素来如此，未

曾想谦是不是美德。这是本色的'璞'，比归真返璞的璞更
高一着。"

    作为一代语言学大师，吕叔湘的故事很多，本文简要
谈三件事情：

    其一，吕叔湘最看重编纂词典，在我国近百年辞书建
设中，处处能够看到吕叔湘的身影。比如新中国成立初他
与叶圣陶、魏建功等人讨论，编纂一部小字典，也就是后
来的《新华字典》。再如一九五六年词典编辑室成立，吕叔
湘任主任，同时任《现代汉语词典》主编。两年后《现代
汉语词典》编写工作开始，又两年后《现代汉语词典》试
印本完成，此后成为最大的畅销与长销书。还有《汉语大
词典》，早在上世纪三十年代，黎锦熙等人在北京组建《中
国大辞典》编纂处，此后战乱频仍，编纂处四处流落，抗
战胜利后回到北京。一九五五年吕叔湘出任《中国大辞典》
编纂处副主任，黎锦熙任主任。一九五六年吕叔湘执笔，
为国家起草语言学十二年规划，内部称蓝皮书，其中就有
编纂《汉语大词典》的计划。一九七五年《汉语大词典》
项目启动，一九八六年第一卷出版，一九九四年十二卷出
齐。据记载，一九八〇年吕叔湘加入《汉语大词典》编委

会，他说：要说搞名山事业，那只有搞词典。一个国家与
民族，最需要字典迷。每一个词都有很有意思的一段历史，
把它写出来，这是很有趣味的，叫作"此中有真趣"。吕叔
湘还说：第一次世界大战后，英国经济走了下坡路，美国
人有钱了，该做些什么呢？当然要编词典了。芝加哥大学
把英国《牛津大词典》的资料都搬去了，还将主编挖去了，
后来才有《美国英语词典》《早期苏格兰英语词典》《中世
纪英语词典》陆续在美国出版。

其二，吕叔湘主张写文章少用套话，要追求白描，或
曰要追求"明白如话"。他说：多用套话不是写文章的正经
路子，很容易把写作的人引到邪路上去，"为什么一定要用
许多陈陈相因的套语来写文章，不能用自己的话来描写一
个场面或者抒发一种意见呢？古往今来的好文字没有不是
靠白描取胜的。华丽的文章也有好的，不能一概而论，但
是比来比去总是比不上白描的神品。'白描难啊！'这倒是
一句内行话"。一九九二年，吕叔湘曾经写诗云："文章写就
供人读，何事苦营八阵图？洗尽铅华呈本色，梳妆莫问入
时无。"正是因为有这样的观点，吕叔湘主张写文章时，一
定要少用或不用成语，非用不可的时候才用，不能接二连

三地用。李行健讲过一段故事：他主编《成语大词典》时，曾经请吕叔湘题词。吕叔湘笑着说："你们真敢要我的题词？我给你们题'成语词典害死人'。"李行健笑着回答说："那好啊，这本书准能畅销。人家一定要看看成语词典怎么把人害死的。"后来吕叔湘的题词写道："成语之妙，在于运用。颊上三毫，龙睛一点，与其滥也宁啬。"

其三，吕叔湘主张学习语文，最重要的是要学会咬文嚼字。他说："一个字眼，用在什么地方合适，用在什么地方就不对头？在一句话里头的某一处，有几个字眼供你选择的时候，选哪一个？学习语文，这个功夫少不了。"比如一句诗"鹦鹉梦○江上草"，吕叔湘说，打圈的地方，可以配的字有回、留、销、残、醒，你说该配哪一个呢？这就要看你咬文嚼字的功夫了。吕叔湘咬文嚼字的例子很多，如针对一个"老"字，他列举出老北京、老上海、老清华、老北大、老街坊、老朋友、老搭档、老总务、老领队、老报幕、老江湖、老油条、老积极、老时髦、老夫子、老古董，逐一辨析，它们的词义有很多不同。像老北京、老上海是说熟悉某地的一切人，老清华、老北大是说多年前在那里毕业的人，等等。再如吕叔湘称赞陈刚《北京方言词典》收词多，比如三孙子、越写越水、当众恶心我几句、这么踩唬我们、话茬儿、没人敢较劲、没捅上气儿来、往黑处一猫、使绊子、屁颠儿、猫儿腻，等等，吕叔湘把它们列举出来，再一一加以注说。

咬文嚼字，更大的功夫是挑取文章中的错误。比如鲁迅译《死魂灵》，有一句话写道："邮政局长较倾向于哲学，很用功地读雍格的'夜'……"鲁迅注释："这里的雍格是德国伤感派诗人 Young。"吕叔湘认为鲁迅注释不对，这里提到的雍格，应该是英国诗人 Edward Young，他有长诗 Night Thoughts 名世。再如吕叔湘发现，有人在文章中引用《傅雷家书》中的文字，其中有一个英文单词 ambitions，错将 u 写为 n。吕叔湘不但写信告诉编辑，还亲自找来《傅雷家书》核对，看看原书是否也错了。

咬文嚼字，吕叔湘列举出写文章时，容易出现的五个通病：一是词语重复，如将"行人、旅客"一类词连用；二是形容不当，如"阳光暗淡、阴冷"，阳光怎么能阴冷呢？三是用词不妥，如"枯黑的山芋藤子拖延在田里"，拖延跟时间有关，跟空间无关；四是生造双音词，如"云从南向北移行着"，移行一词用得不好，还有颠跌、呆愣、恼愠、泥湿污脏、乌浓等；五是花腔，如"一切都在发着颤抖"，其实就是发抖，"嗟叹了一声"，就是叹了一口气，等等。

郑振铎的书生活

郑振铎，字警民，又字铎民，小名木官，补取"五行缺木"之义。一八九八年十二月十九日生于浙江省永嘉县，今温州市。祖籍为福建省长乐县，祖父、父亲姓名均不详，也是一件奇事。祖父年轻时来到温州做幕友，在道台衙门内从事抄写工作，后来受委派担任小官吏。父亲年轻时来到扬州做幕僚，不幸病逝，那时郑振铎才八九岁，几年后祖父离世，家境日渐衰落。

这样的家庭背景，决定了郑振铎未来人生道路的艰辛，也养成了他个人奋斗的意志。本文对他走过的道路，做一个大体的分期：求学阶段，出版阶段，教学阶段，从政阶段。在不同的阶段中，虽然他的社会身份不同，但有一条主线贯穿始终，那就是他的书生活。

其一，求学阶段：郑振铎十岁入小学，开始读《古文观止》，教师授课方法不当，引起郑振铎的反感，后来还在文章《记黄小泉先生》中称："我至今还恨这部无聊的选本。"三年后黄小泉先生开始教授《左传》，引发了他的读书兴趣，他称黄小泉是一位可爱而不可怕的先生，是一位"真正的启蒙先生，真正的指导者"，帮他养成了一生读书的癖好。郑振铎十六岁考入浙江第十中学，二十岁中学毕业，投奔在北京外交部工作的三叔郑莲蕃，报考北京铁路学校高等科，即后来的北方交通大学，被首次招生的乙班即英文班录取。该班用英文授课，还讲授日文、国文。一九二〇年底，二十三岁的郑振铎从铁路学校毕业，被分配到上海沪杭甬铁路管理局做实习生。

回顾郑振铎的学习生活，有四点记忆：一是抄书，也是为生活所迫，他喜爱的书买不起，因此从小养成抄书的习惯。读中学时，他曾向同学借抄《文心雕龙》《汉书·艺文志》《隋书·经籍志》，后来得到一部《八史经籍志》，"乃大喜，类贫儿暴富"。还有一位陈姓同学购买了一套《古今文综》，郑振铎羡慕不已，一本本借来阅读，摘要抄录成两

大册，自命名曰《论文集要》。直到四十年后，他还保存着
这两册抄本，"殆是我从事编纂工作之始"。一九五七年的
一天，他在中国书店的书架上见到此书，"乃购之归，因追
记少年时代一段艰苦求书之事实"。再有读大学时，他曾将
刘知几《史通》全部抄录下来。还抄录了郑樵《通志二十
略》中的《校雠略》《艺文略》，详读章学诚《文史通义》
等。二是办刊，一九一九年，在温州的永嘉新学会第一次
年会上，年仅二十一岁的郑振铎提出创办出版部，出版半
年期会刊《新学报》。同年在北京，郑振铎又与瞿秋白、耿
济之、瞿世英创办《新社会》旬刊，他亲自撰写《〈新社
会〉出版宣言》，发表在《时事新报·学灯》上。《新社
会》一共出版了十九期，最终被北洋政府查禁。他们接着
创刊《人道》杂志，由郑振铎撰写《〈人道〉创刊宣言》，
还有文章《人道主义》。三是写文章，郑振铎十三四岁时
读《聊斋志异》，开始习写鬼狐故事，将灯前月下听闻长者
讲述的故事记录下来，积累笔记达半册之多，后来文稿遗
失。一九一九年，郑振铎开始在报刊上发表文章，同年撰
写一万六千字长文《中国妇女解放问题》，刊载在《新学
报》第一期上，表现出超群的写作天赋与热情。据《达化

斋日记》记载，杨昌济读到《〈新社会〉出版宣言》，也作了详细的笔记。一九二〇年十月，郑振铎翻译俄国谢尔盖耶夫－青斯基《神人》，发表在《时事新报·学灯》上。同期发表的作品，依次有周作人译波兰普路斯《世界的霉》，鲁迅《头发的故事》，郭沫若《棠棣之花》。四是结识名人，一九一八年，郑振铎在北京求学期间，经常到青年会读书，在那里结识了瞿秋白、耿济之，与其成为一生挚友。一九一九年，郑振铎、耿济之携《新社会》创刊号拜访陈独秀。一九二〇年，他结识了瞿世英、许地山、张东荪、胡适、周作人、周恩来、李大钊、王统照、郭绍虞、蒋百里、张元济、高梦旦、孙伏园、沈雁冰、叶绍钧等。

其二，出版阶段：一九二一年初，郑振铎离开北京来到上海，五月间经沈雁冰介绍、高梦旦考核，进入商务印书馆编译所工作，大体做两个方面的事情：一是编辑期刊，一九二二年一月，商务印书馆《儿童世界》创刊，郑振铎任主编，前几期几乎都是他一个人组织撰写编译的稿件，涉及内容如叶圣陶童话、《伊索寓言》、《列那狐的故事》、《竹取物语》、安徒生童话、王尔德童话等。一九二三年一月，郑振铎接替沈雁冰，担任《小说月报》主编。直到

一九二七年五月，郑振铎担心受到政治迫害，避走欧洲约
一年半时间，由叶圣陶接任《小说月报》主编工作，回来
后继续从事出版工作。他在上海工作期间，还曾编辑报刊
《时事新报·学灯》《文学旬刊》《星海》《鉴赏周刊》《公理
日报》《一般》《编辑者》等。二是编辑图书，丛书如《俄
国戏剧集》《俄罗斯文学丛书》《文学研究会丛书》《童话》
《文学研究会通俗戏剧丛书》《小说月报丛刊》等，单部书
如《白雪遗音选》《中国文学研究》《中国短篇小说集》《挂
枝儿》等，译著如《春之循环》《阿泰托尔》《法国文学研
究》等。

　　郑振铎的十年出版生涯中，组稿、编稿、译写书稿的
经历，还有沪上丰富的文化生活，为我们留下了许多珍贵
的记忆：一是他本人写了很多文章，还有著作如《雪朝》
《家庭的故事》《山中杂记》《中国文学史》《俄国文学史略》
《太戈尔传》《文学大纲》《近百年古城古墓发掘史》等；译
作如《海鸥》《六月》《贫非罪》《灰色马》《血痕》《飞鸟
集》《新月集》《太戈尔诗》《印度寓言》等。二是许多有名
的作品，都是由他组织编发的。如他创办《儿童世界》时，
鼓励叶圣陶、赵景深、顾颉刚、胡天月等给孩子写文章，

后来有叶圣陶童话《稻草人》结集出版，"给中国的童话开了一条自己创作的路"（鲁迅语）。再如他见到丰子恺漫画《人散后，一钩新月天如水》后，专程去丰子恺住处看画，顿觉美不胜收，此后出版《子恺漫画》，也使"漫画"一词流行开来。又如郁达夫创作第一篇小说《银灰色的死》，最初匿名投到《时事新报·学灯》，被前任主编搁置半年，直到郑振铎接任主编，经郭沫若提示，立即将此文刊载出来。还有庐隐、王任叔、徐杰、赵景深、陈毅、张闻天、巴金等，他们的处女作或早期作品发表，都曾经得到过郑振铎的帮助。三是郑振铎的感情生活，一九二二年他在上海神州女子中学兼课时，爱上了他的学生、高梦旦的小女儿高君箴。翌年七月，高梦旦请郭沫若、杨端六、郑心南、何公敢、周颂久等来家吃饭，郑振铎、高君箴作陪，郭沫若《创造十年》记载称："就是婚约的披露宴吧。"一九二五年，商务印书馆发生劳资冲突，高梦旦是资方代表，郑振铎是工会代表，他们曾分坐在谈判桌两端，但私下翁婿关系非常好。

其三，教学阶段：一九三一年九月，郑振铎应郭绍虞邀请，辞别商务印书馆，携家眷离开上海来到北京，出任燕京大学、清华大学合聘教授，他的职业身份也在编辑与教授之间互换。这段时间，结交新朋老友如郭绍虞、许地山、冰心、俞平伯、胡适、刘半农、钱玄同、傅斯年、许寿裳、台静农、范文澜、冯友兰、齐如山、梁实秋、闻一多、熊佛西、徐志摩等，提携后辈及同人如季羡林、李长之、吴晗、朱兰卿、吴晓玲、吴世昌、王哲甫、靳以、巴金、曹坪（端木蕻良）等。后来端木蕻良在给鲁迅的信中写道"对新进作家爱护的有南迅北铎"。一九三五年四月，郑振铎辞别燕京大学，离开北京，应何炳松之邀来到暨南大学，出任文学院院长兼中文系主任、教授。三年后日本人占领上海，在孤岛时期，为了抢救并保存若干民族文献，郑振铎一直留在上海，四处奔走，为国收书。一九四〇年至一九四一年，郑振铎等人为中央图书馆购书三万余册，被日本人劫去，抗战胜利后追回。此后四年，他在《求书日录》中写道："我也曾陆续整理出不少的古书，写了好些跋尾，我并没有十分的浪费这四年的蛰居的时间。"在这个阶段，郑振铎的学术研究进入重要时期，出版了著译如《插图本中国文学史》《中国俗文学史》《中国文学论集》《痀偻集》《短剑集》《困学集》《希腊神话》《郑振铎选集》《郑振铎杰作选》《民俗学浅说》等。

其四，从政阶段：一九四九年十一月，郑振铎出任文化部文物局局长；一九五〇年八月，兼任中国科学院考古研究所所长；一九五四年十月，出任文化部副部长。凡此不论，我们依然关注他的书生本色。如一九五〇年二月，他托废名带给周作人法文版《伊索寓言》，希望枯居北京的周作人发挥一技之长，从事翻译工作；同年夏天，他与王利器、吴晓玲整理出版《水浒全传》。一九五二年九月，他在文渊阁购得清高士其撰《销夏录》，作题跋。一九五六年七月，他开始为《人民日报》撰写专栏"漫步书林"，题目有《王桢：农书》《刘基（传）：多能鄙事》《无名氏：居家必用事类全书》《邝璠：便民图纂》《无名氏：黑娥小录》等。一九五八年九月，《插图本中国文学史》《中国俗文学史》受到批判；十月，郑振铎因飞机失事遇难，终年六十岁。

朱自清的写作故事

　　朱自清，一八九八年生于江苏海州，今东海县，原名自华，号实秋。一九一七年他报考北京大学哲学专业时，改名自清，字佩弦。父亲朱鸿钧，字小坡，在高邮州邵伯镇（今属江都县）做官。朱自清六岁时，全家搬到扬州定居。

　　朱自清五岁开蒙课读，父亲研墨润笔，把着他的手写下"清和"二字，接着写下他的名字。此后母亲教他识字，他又入私塾读书。六岁时在扬州入新式学校，同时续读私塾，请中过秀才或举人的老师授课。十一岁后入初、高等小学读书，十六岁考入扬州两淮中学（后改为江苏省立第八中学）。一九一六年朱自清中学毕业，考入北京大学文预

班，课程有国文、文字学、本国史、本国地理、西洋文明
史、英语、体操，教师有沈尹默、沈兼士、陈汉章。翌年
秋考入北京大学中国哲学门，与陈公博、康白情、谭平山、
徐彦之、江绍原同班，同系有许德珩、孙伏园；教师有胡
适、陈大齐、章士钊、陶孟和、马叙伦、李煜瀛、蒋梦麟、
杨昌济、梁漱溟，他还曾聆听杜威系列演讲。

　　一九二〇年，朱自清用三年时间修完北京大学规定的
学分，提前一年毕业。同年由北京大学校长蒋梦麟推荐，
他与俞平伯、刘延陵赴杭州，来到浙江省立第一师范任教，
从此朱自清开始了一生的教育生涯。此后五年间，他先后
任教于江苏省立第八中学、中国公学中学部、浙江省立第
六师范、浙江省立第十中学、浙江省立第十师范、浙江省
立第四中学、上虞白马湖春晖学校。在这段时间里，朱自
清结识了叶圣陶、夏丏尊、郑振铎、周予同、沈雁冰、吴
有训、舒新城、胡愈之、邓中夏、朱光潜、李叔同、丰子
恺、夏承焘、刘大白、顾颉刚、匡互生，还有曹聚仁、魏
金枝、柔石、冯雪峰。一九二五年八月，胡适推荐俞平伯
去北京清华学校任教，俞平伯未能应邀，却推荐了朱自清。
从此朱自清离开江浙一带，来到清华学校大学部，开始了

一辈子服务于清华的历程。一九三〇年朱自清接替杨振声，出任清华大学中文系主任。一九三七年日军占领清华园，清华、北大、南开三校组成长沙临时大学，朱自清主持中文系工作。翌年长沙临时大学迁往昆明，改名为西南联合大学。一九四五年日本投降，翌年朱自清重任清华大学中文系主任，不久返回北京。一九四八年八月十二日因病去世，终年五十一岁。

朱自清从事教育事业，留下许多难忘的故事。比如他的授课风格，一直是匆匆忙忙、紧紧张张的。上课前他似乎将教学内容背诵过许多遍，从上讲台一直说到下课，唯恐浪费一分一秒的时间。他还略有口吃，因此更加着急，经常满头大汗。叶圣陶将朱自清慌张的教态称为"永远的旅人的颜色"："你的慌忙，我以为有一部分的原因在你的认真。……认真得厉害，自然见得时间之暂忽。如何教你不要慌忙呢！"尤其是回答学生提问时，他也会很紧张，直到把问题说清楚，他才放松下来。吴组缃回忆，一天有同学问朱自清：您演讲时为什么不讲自己的作品呢？他突然面红耳赤，非常紧张且不好意思，想一想说："我写的都是些个人的情绪，大半是的。早年的作品，又多是无愁之愁；没有愁，偏要愁，那是活该。就让他自个儿愁去吧。"时而朱自清也会在课堂上表现出真性情。一次讲到诗与酒的关系，他说："饮酒到将醉未醉时，头脑中有一种说不出来的快感，脑筋特别活动，所以李杜能作出好诗来。"说到这里他猛然刹住，严肃地对学生说："可是你们千万不要到湖边小酒店去试啊！"

　　朱自清授课之余，做得最多的事情就是写作了。早年他喜爱读书，家中藏书如经史子集，都成为他的课外读物。读中学时他自称"文学家"，仿照《聊斋志异》、"林译小说"，写出八千字的小说，投稿《小说月报》。大学二年级时，他在《学灯》上发表新诗《"睡罢，小小的人"》，开始了他的新文学创作。此后近三十年中，朱自清的创作主要分新诗、散文、旧体诗三个方向，生前出版著作如《雪朝》《踪迹一》《踪迹二》《背影》《欧游杂记》《伦敦杂记》《你我》《诗言志辨》《标准与尺度》《论雅俗共赏》《语文拾零》《新诗杂话》《经典常谈》《国文教学》《精读指导举隅》《略读指导举隅》《新文学大系诗选》《开明高级国文读本》《开明文言读本》等。其中散文的名气最大，如《匆匆》《桨声灯影里的秦淮河》《温州的踪迹》《背影》《荷塘月色》，让

人们历久诵读。甚至他去世时，人们在写下的挽联中，也
会提到他的散文名篇，如冯友兰写道："人间哀中国破碎
河山又损伤背影作者，地下逢一多酸辛论话应惆怅清华文
坛"；任继愈、冯钟芸写道："薪尽火传多少学子哀背影，山
颓染怀寂寞文坛落大星"；杨天堂写道："经典常谈雅俗共
赏为文坛确立了标准与尺度，荷塘仍在月色失辉教我辈怎
觅得背影和踪迹"。对于朱自清的文章，还有许多赞誉的声
音，如浦江清说，他的《桨声灯影里的秦淮河》是"白话
美术文的模范"；杨振声说，他的文章"风华是从朴素出来，
幽默是从忠厚出来，腴厚是从平淡出来"；叶圣陶说，"他
写的是知识分子的口语"；唐弢说，他的文章"逐句念来，
有一种逼人的风采"；孙伏园说，他"有一个和平中正的性
格，他从来不用猛烈刺激的言词，也从来没有感情冲动的
语调。……甚至他一生的学问事业也奠基在这种性格"。

下面讲几段朱自清的写作故事：

其一，朱自清《关于写作答问》是这样描述自己的。
写作兴趣：来源于天性。写作习惯：晚上，抽烟。写作速度：
很慢，每天两千字，每次持久力只有两个小时；最初起草，
后来直写下去。写作困难：很注意文字修饰。写作完成：如

释重负的愉快，但不是胜利的感觉；失败的感觉也有，曾经将一篇退稿毁掉。被退稿的感觉：奋勉二字而已。受到批评：很少，有些判断虽然确当，却不能使我改进，我的才力只能如此这般。再有关于文字修饰，朱自清最下功夫，他的《欧游杂记》序谈到，写文章时，"是、有、在"三样句子都显示静态，既躲不开，也够沉闷。于是他落笔时，"想方法省略那三个讨厌的字"。

其二，朱自清写作，最重要的标志是认真。叶圣陶曾与他同居一室，见过他写作时的状态。叶圣陶说："他作文、作诗、编书极为用心，下笔不怎么快，有点矜持。非自以为心安的意见绝不乱写。不惮劳烦地翻检有关材料。文稿发了出去发现有些小节目要改动，乃至一个字不妥，宁肯特写一封信去，把它改了过来才满意。"朱自清《荷塘月色》中有"月夜蝉声"一句，读者来信说，子夜时蝉不会叫。为此朱自清四处查证，还亲自在夜里观察，听到两次月夜蝉声。后来还专门写文章《关于"月夜蝉声"》。还有一段趣事写道：朱自清《论诵读》一文，写好后寄给沈从文。过几天沈从文来信说，稿子好像未写完。他只好来到沈家，发现缺了最末半页。朱自清坐在沈家书房中补写好，却又在沈家的窗台上发现了那半页文稿。

其三，朱自清的写作水准，在那个时代的定位如何呢？钟敬文评价《背影》时说："他在同时人的作品中，虽没有周作人先生的隽永、俞平伯先生的绵密、徐志摩先生的艳丽、冰心女士的飘逸，但却于这而外另有种真挚清幽的神态。"李素伯《小品文研究》中，将朱自清、俞平伯文章比较："同是细腻的描写，俞先生的是细腻而委婉，朱先生的是细腻而深秀；同是缠绵的情致，俞先生的是缠绵里满蕴着温熙浓郁的氛围，朱先生的是缠绵里多含有眷恋悱恻的气息。"郁达夫在《新文学大系·散文》导言中说："朱自清虽则是一个诗人，可他的散文，仍能够满贮着那一种诗意，文学研究会的散文作家中，除冰心女士外，文字之美，要算他了。"

其四，关于文学的定义，胡适曾说："达意达得好，表情表得妙，便是文学。"朱自清《文学的一个界说》中认为，胡适的定义太粗疏，文学应该由六点界定：一是用真实、美妙的话表现人生；二是人的灵魂的唯一的历史；三是艺术性、暗示性、永久性；四是普遍的兴味，个人的风格；五是使我们知道人的灵魂，而非行动；六是种族的理想，即文明基础的理想。

　　落笔及此，我们叹息朱自清走得太早。其实早逝的人中，还有他的好友闻一多，更是在四十八岁便猝然离去了。想到一天下午，二人谈论年寿。闻一多说，父母都活到八十几岁，如果没有意外，自己活到八十岁总可以的。朱自清说，考据家多半是大岁数，"我不成，只希望活到七十岁，能有六十岁也够了"。

III

读者与编者

编者与读者

从二〇一八年四季度开始，我每月为《辽宁日报》写一篇文章。说是自定题目，其实落笔还是有所偏重。要考虑报纸的性质和读者对象，即使是阅读版面，我也不会把一些过于专业的出版知识放到这里来述说，而是会针对大众阅读，讲一些书后的故事。

新年伊始，版面编辑对我说：你的这一组文章相对稳定，希望能建立一个固定的栏目，起一个专栏名字吧。起什么呢？此前十余年间，我曾在《辽宁日报》开过两个专栏，一为"开卷"，再一为"书香故人来"。那时与媒体和读者互动，写起来一直很有压力。反过来此事对我的阅读与思考帮助很大，留下许多美好的记忆。这一次再列文题，回顾已经发出的文章，文中涉及的事情，都是一些基本概念，诸如：一流、经典、作者、启蒙、通识、名家，等等。它们都是人们常见常用的词语，但真正推敲起来，还有一些模糊的认识。那天几位朋友小聚，谈到这件事情，有人说：你的文章论及的事情，都是一些常识嘛，如果开专栏，不妨回归本原，就叫"常识辞典"吧。

嗯，好想法。不过我心里清楚，愈是本原的东西，愈需要清晰描述，愈需要阐释得准确。因此动笔写第一篇文章，我还是有些压力，最终选择一个大白话的题目"编者与读者"，既是知难而进，也是探试一下自己的笔力和他人的感觉。

编者与读者是一个共同体，他们相辅相成，相互依存。卖方与买方，传播与接受，推销与识别，受益与受害，凡此种种，无时无刻不在纠缠着两者的思想和行为。

编者更注重读者的需求、自己的公众形象，以及产品的价值。最后一项，包括文化价值与商品价值两重含义，因此与其他行业比较，针对它的操作更为复杂，难度更大。归结起来，编者的工作有两个陷阱需要规避：一是所谓"文责自负"，谁写的东西谁负责，我们只是一个"大自然的搬运工"。二是所谓"职业行为",我们编选什么内容都是工作使然,职业使然,并不代表编者自己的观点。此种论调貌似托词,实为规则用语,放到社会公德与个人私德的层面上,还是让人有些抵触。因为在现实生活中,编者既是一个职业人,也是一个独立存在,所以他不但要对职业负责,还要对自己负责。比如我们常常会听到那样的议论:"他就是当年编过某书的那位编辑吗?"这样的评语,不是靠上面那两句规则就可以抹去。再者,当一个文化产品被推向市场的时候,编者一定要有心理准备:你的行为必将被人们长久记忆,并且历史事实无法改动。

　　读者更注重个人兴趣、个性品位、私藏价值、实用价值,以及阅读的文化价值。一般说来,读者的私趣是个人行为,在一个进步、健康与宽松的社会环境中,读者无需关心他人的目光;反过来,他人的目光也无权干涉一位读者在收什么、读什么、藏什么、喜欢什么。改革开放四十年中,对于读者而言,最常识性的观念进步,或曰回归,应该是一九七九年《读书》杂志创刊号上,李洪林先生那篇文章的题目"读书无禁区"。

　　编者做事貌似复杂,实则只有三个选项:一是让读者受

　　益，二是让自己受益，三是互惠互利。当然损人不利己的做法也是有的，那属于智商或精神层面的问题。此中前两项都反映事情的一个侧面，第三项才是一种理想境界。编者为传播文化而获利，读者为购买文化而受益。所谓双效图书，说的就是这个道理。要想达到这一点很难，而且难就难在"选编"二字上。

　　记得当年为"新世纪万有文库"选书，我们向泰斗级的人物陈原先生请教，编这样一套书，该建立一个什么标准呢？他只说了四个字：存留价值。这句话听似简单，解释起来含义太多。陈原讲了一段故事，他说西方出版，牛津大学出版社最要看重。有一次他请林道群帮忙，找一本一百年前牛津出版的小书，结果此书在他们的书库中还有存留，但书的价钱已经翻到不知多少倍。你看，对读者与书商而言，这就是互惠互利！这段故事中的情境，几乎成为我毕生的职业追求，多次在文章中提到。但我也会时时叹息，就出版而言，此生恐怕无法达到那样的理想境界了，只能待后生努力。

　　与之对应，读者的选择性阅读也不复杂，它更多会受到三个因素的影响：时尚、情趣和专家。此中时尚是社会因素，情趣是个人因素，我最关心专家一项，他们是这个时代的精神脊梁，他们会影响社会时尚的走向，以及大众的生活情趣，我喜欢称他们为导师或老师。此事也不复杂，复杂的是在一个浮躁的社会之中，冒牌的专家、学者太多。

如果我们运用逻辑方法简单分类，大约有四类人物，存在于导师的队伍之中：一是无成就、无学问，二是无成就、有学问，三是有成就、无学问，四是有成就、有学问。此中最难识别的是第三种人，这让我想起二十几年前，一次与葛剑雄先生喝茶，他开玩笑说，如今有一个怪现象，怎么各行各业的精英人物，都喜欢挂上一个学者的标签呢？其实在纯粹的阅读中，还是要把真学问放到至高无上的地位，其他等同或等而下之的事情很多，成就只是其中之一。

话说回来，其实编者更需要专家的引领。几年前我回顾自己的职业生涯，曾经列出七位精神导师：张元济、王云五、胡适、陈原、范用、沈昌文、钟叔河。眼下帮助我编书、读书的现实人物还有很多，比如：黄永玉之无限才华，许渊冲之老而弥坚和人生奇迹，陈子善、周立民之版本研究和整理，韦力之中国典籍和收藏，陆灏、傅杰之海派学

术和学者动态，王强之阅读视野和人生体验，冷冰川、凌
子之美妙画卷和娓娓聆听，谢其章、赵国忠之期刊文化和
趣闻掌故，陈墨之口说历史和金庸评说，吴兴文之藏书票
艺术和书人书话，毛尖之精灵般的文思妙趣，恺蒂之西方
图书绍介和阐释，等等，还有朋友圈中的诸位支持者。如
果没有他们的存在，我的职业生活会迅速枯竭，我也会真
正衰老。

　　编者的工作无论志向高低，其中往往会包含着某些个
性的追求。在这一层意义上，编者的行为中又融入了读者
的元素：你喜欢读什么书，就希望编什么书。比如我三十年
前编"世界数学命题欣赏"，旨在向读者解读希尔伯特"数
学问题"。沈昌文编"书趣文丛"，旨在让读者了解那些大
家的读书乐趣和追求。陆灏编"海豚书馆"，是看到一些发
达国家文库本的重要，我们缺乏这个门类。个性推而广之，
可能会被大众接受，成为社会的共性追求，从而实现编者
职业地位的提升，也可能是文化品位和文化价值的提升。
市上种种所谓好书，如商务"汉译世界名著"、湖南"走向
世界丛书"、译林"牛津通识读本"，都是呼应时代之作，
其中既有个性的追求，也有共性的认同。

　　更多的时候，编者与读者的身份是可以互换的，有时也可能融为一体。沈昌文是编者中的顶尖人物，他却不顾年龄的落差，敬称王强是他选书、读书的导师。何以如此？当然缘于王强有学问与眼光。比如王强说要想做一流的人，必须读一流的书。为什么？因为一个人的生命有限，我们没有条件浪费美好的阅读时光。那么何为一流的书呢？他说有两个要点，一是永远占着书架又永远不会被你翻读完的书，再一是有力量的文字。这种力量，他引用扎米亚京《我们》中的话说："有些书具有炸药一样的化学构造。唯一不同的是，一块炸药只爆炸一次，而一本书则爆炸上千次。"

　　写到这里，我扪心自问：以上的文字算不算常识呢？

书装与书品

　　书籍装帧是一个整体概念，封面与内文的设计，材料与印装的选择，都包含在其中。书籍品位也是一个整体概念，志趣与文采的表现，形态与文思的契合，都是品质的保证。

　　我从事出版工作，对书装的追求有一个从简装化到精致化的演变过程。需要说明，这不是由低级到高级的提升，而是对书装的两种不同的追求，它们有着不同的文化诉求。比如简装书，我们特指的是"企鹅丛书""万有文库""岩波文库""人人文库"一类典籍，走的是大众普及与启蒙之路。再者，简装书并不等同于平装书，"海豚书馆"是小精装，但类别还是简装书，只是生活水准、时尚标准的变化，带来了书籍装帧的变化。由此想到"海豚书馆"创意者陆灏的观点，前些天我们讨论书装的精致化，有人列举企鹅公司的装帧如何美丽、精致、时尚，陆公子说，企鹅创业的初衷，是对书籍价格与艺术化的反向思考，走到今天，无论他们的书装如何精美，如何精致，他们都从未改变简装书的初心。这与我们讨论"精致的书装"，是不同的路径。

　　我操作的简装书中，标志性的产品是"新世纪万有文库"。当时我写过一段广告语："爱书人，你的简装书来了！"对此有三点考虑：一是承继老商务王云五的"万有文库"，二是追随三联书店范用、沈昌文思想先锋的传统，三是效仿张元济扶持文化事业的牺牲精神。这第三项是说当年张元济主持商务印书馆时，出版教材和各种实用类书籍，赚了大钱。但在出版译著时，张先生提出要有牺牲精神，不必追求利润，保本即可。如今我们需要接受他的理想，仿照他的做法，这样才能对出版职业的本质有更深层次的认识。

　　我追求书装的精致化，起于二〇〇九年，我离开辽宁到北京海豚出版社工作。最初的起因，还是出于对商业的考虑。那时我离开出版一线已有八年，定睛一看，我们过去的工作已经成为历史记忆，改革与市场化推动社会变化，一些大牌国营和民营出版机构日渐壮大。但极端商业化思潮，导致"过分迎合市场"的观念流行。在这样的背景下，人们都在为挣钱而浮躁、狂奔，哪还会静下心来，细心制作精致的图书呢？即使有人去做，也是星星点点的个别行为，或者出于追求政绩、情调。

我历来赞赏做事"冷中求热"的思路。人家已经炒热的事情，你再去凑热闹，最多是添一把柴而已；清冷之处，往往会有更多、更好的机会出现。所以那时我建立三个观念：一是别人做大做强之日，应该是我们做小做精之时。二是做精致的书，本来就不适合大企业，需要重启小作坊的观念。三是我们需要认清，书装的世界还很宽阔，我们还有许多事情不懂，需要不断学习和实践。

基于这样的思考，我们还要补上两个概念：一是中国传统书装特点，如线装、竖排、左翻，与西方书装特点大不相同；二是西式书装，直到百余年前才逐渐进入中国。由此想到那一场书装的改变，不是改良而是革命，形式的革命又带来内容的革命，新学、变法、新政，都应运而生了。

近年有一部著作——《铸以代刻——十九世纪中文印刷变局》，苏精著，有港版与中华版，正是从一个侧面叙述了那一场变革的历史。

关于做精致的书，还有一个故事深深地触动了我。上世纪九十年代，在我学习王云五做简装书时，有人留言说："你们都弄反了，王云五不但有功于传播文化，还开创了中国书籍装帧的粗糙之风。要知道那是国难时期，王云五的许多做法也是不得已而为之。"静心思考，这话说得有道理，我曾读过王云五《十年苦斗记》，深知抗战时期，商务印书馆张元济、王云五为保持中华文脉不灭，付出的艰辛和努力。如今时势变化，前辈们做过的事情，我们不能片面模仿，还要跟上时代的变化。

有了这些思想基础，我才有后来书装精致化的试验，取得了一些市场效果，也引来许多议论之声。归结起来，我最欣赏三个观点：

首先书装的精致化，是对作者的尊重。当然观念的改变也有一个过程。最初有大作者还说，我不在乎装帧，意思是"我的内容很厉害，不必追求装饰"。其实您这样说，会使出版的文化意义有所丢失。为了一部优秀作品的上市，负责任的出版人会精心策划，或制作各种版本，以示对作者的尊敬。比如董桥，他赠人签名本时一定要送精装，精装送光了，才送平装，还要写信表示歉意。此时，编者、作者、读者之间有的不再是单纯的商业关系，而是一种文化互动，一种高雅的生活方式。

其次书装的精致化，是对文化分众的尊重，也就是对读者的尊重。读者的阅读方式，需要有自由的选择。读者可以是学习者、收藏者，也可以是把玩者；可以闲读，也可以研读。因此书籍款式、成本的多样性，有时会反映一个社会的进步、成熟、宽容和自由程度。记得当初海豚社追求精致的书装，有同行批评我们过度装帧。我曾向韦力先生倾诉，他安慰我说："有人议论是好事，证明你的努力有了回应。这种做法也为收藏者的选择提供了更多的可能。"

再者书装的精致化，是对制作者的尊重。一本特装书，可能要比普通版多十几道工序，普通工厂不接这种活儿，只有雅昌一类有理想、有实力的厂家，才会愿意听你啰嗦，完成你的设计理念。因为我们的终极追求是制作艺术品，失败率、退修率以及成本都很高，购买者也会很挑剔，经营风险很大。我经常会被购买者的留言所感动："某处没达到标准。但我愿意追随你们，支持你们坚持走下去。"说白了，这不是一个能不能做的问题，还是一个肯不肯做的问题。

最后谈书品。说到书的内容，懂的人很多，不然那么多学者是干什么的？但书品又有不同。我觉得，首先是知道书的学术地位、版本价值，知道书里书外的故事，包括存世情况、作者八卦、拍卖行情等。你别小看这些事情，说一个人既有学问又有趣，奥妙就在这里。其次是懂得书的艺术，这个很难，懂的人又少，大多数书呆子自命清高，其实这方面的人才最为稀缺。一代不行，最好几代家传或师传；一地不行，最好四处游走；一见不行，最好集思广益。当然，也有生于书香之家专门败家之辈，长于书香之地粗俗不堪之徒，处于书香之业脑满肥肠之士，这样的人，历朝历代还是蛮多的。

书装与书品结合，也会产生一些清规戒律。一是烂书不能过度装帧，装出来就是笑话。经典却无论怎样装帧、怎样重复装帧都不过分。比如《鲁拜集》，从西方到东方，各种装帧版本不计其数，最过度装帧的是泰坦尼克号沉船中那本，桑格斯基的绝唱，世界上最昂贵的书。二是你的装帧不能满足于全盘照搬，怀旧是一时的表达，创新才是艺术生命的体现。简单的再现，永远是一件被动的事情。

我记得王强曾讲到一个创业公司的两个层次。第一个层次是一味模仿，其追求往往集中在"像或不像"上。但西方几百年经典设计多如牛毛，你无论怎样模仿，最终还是九牛一毛，人家还会评说这个像，那个不像。即使你的制作有技术追求和进步，但若缺乏具有独创性、增值性和唯一性的东西，很难赢得资本市场的青睐。第二个层次是推陈出新，在传统与现实之间，保留些什么，改变些什么，如何结合，如何做到天衣无缝。这样的追求有挑战性，有唯一性，有增值空间，有知识产权，难模仿，防偷窃，那才会成为资本市场的宠儿。比如王强的《书蠹牛津消夏记》《读书毁了我》，都是他自己设计封面图案，再运用西方传统的装帧技术加以再现。还有陆灏设计的《围城》特装版，他使用该书第一版中丁聪先生的漫画，再与西方装帧技术相结合，从而创作出一个令人惊艳的版本。

藏家与卖家

　　本文题目中的藏家指藏书家，卖家指出版人。出版人的工作分为前后两端，前端是组织书稿，即选择内容，后端是制作和销售图书。对于前端而言，出版人需要有合作伙伴。不同的出版人追求不同，偏好不同，伙伴也不尽相同，有人偏重官人，有人偏重商人，有人偏重学人。出版人的大忌是只看重自己，此为题外话，待另文探讨。

　　如果将我看重的人物具象化，他们应该是藏书家、策划人、学者与作家，以及真正的读书人。在这些人物中，又以藏书家最为重要。此处所指为私藏，而非官藏。官藏的管理者是图书馆馆员，其中的精英人物应该是图书馆馆长。在健康的国家中，他们是由文化界德高望重的大人物担任的，出版者当然要重视他们的存在。但他们的知识结构和社会角色等，都与私藏家有所不同，价值取向也大不相同。私藏家有许多独到之处，比如私密性、个人喜好、商业运作等，他们较少受到社会环境的限定和左右，爱书的意志相对自由。尤其是私藏最讲求传承，在家传或承继前贤等方面有很多说道，不是社会化的图书馆建设可以涵盖的。有观点认为，在历史上，看一个时代是善政、仁政或恶政、暴政，藏家的生存状态是一个重要的标志。

不过私藏并非都好，因为藏书群体的门槛低，参与者复杂，诸如有钱的、有势的、有闲的、拾荒的、投机的、附庸风雅的，遍地都是，真正称得上藏家者寥寥无几。由此想到收藏家的三个要素：财力、学问和见识。财力来源于家传、外入或藏品运作，学问是勤奋的产物，见识是人生经验的积累，凡此种种，还需要造化与天赋的奠基。此中家传原本是最重要的因素之一，但在不良社会中，这一条恰恰成为天方夜谭。

藏家与卖家的高下比较：一是在懂书上，藏家自然取胜；二是在喜好上，藏家不爱书者没有，卖家不爱书者比比皆是，显然在这一层意义上，又是藏家取胜；三是在选本上，历代藏家或有刻书的传统，其本意大多在热爱、流传或分享上，而与古今卖家比较，其选书之精准与品位，做书之目的与追求，实在不可同日而语。

说到这里，可能有人会说：照此观点，藏书家可以做出版家了。没错，藏家的知识结构和技能，最接近总编辑的需求。做一点源流追溯，两者同源于书籍，分流于书斋与书肆，他们在行为上有交会之处，在学识上有高下之分，只是志向不同而已。我国百年以来最出色的两个出版机构——商务印书馆与中华书局，他们的先驱与核心人物，恰恰都是书香世家的后人。

前者张元济，据《中国藏书楼》（任继愈主编）记载：其十世祖为明末张奇龄，始建涉园；九世祖张惟赤为清顺治年间进士，他继承父志，将涉园辟建于海盐林泉胜地，开始着意收藏图书；至六世祖张宗松，涉园藏书达到巅峰，兄弟九人中至少有六人以藏书名世；清道光以后，张氏一门中落，涉园也毁于兵燹，数世藏书盛业，就此化为烟云。到张元济时，涉园已经片纸不存，但他立志恢复祖业，得知书肆中有钤有涉园印记的图书，他都会不惜重金收购。后来他与人合作创办合众图书馆，曾编《海盐张氏涉园藏书目录》。为此我曾提出两个观点：一是张元济离开政界，投身出版界，一定与他重振涉园的志向有关。二是张元济在出版界的成就，一定与他家世有关。

后者陆费逵，他于民初创建中华书局，出版《四部备要》《古今图书集成》等典籍，成就辉煌。但当时有人诟病陆费逵跟风商务印书馆，你出《辞源》，我出《辞海》，你出《四部丛刊》，我出《四部备要》云云。此种说法失之偏颇，其实陆费逵如此壮举，既有商业考虑，更有家学渊源。清乾隆年间国家开设《四库全书》书馆，征集天下书籍，加以校勘、整理，总编辑是纪昀，总校官是陆费墀，而后者正是陆费逵前五代祖父。陆费墀为此工作二十年，晚年在嘉兴构筑枝荫阁，其中藏有许多《四库全书》副本，但因洪杨之乱毁于兵火。因有这样的家传背景，中华书局能够印制《四部备要》《古今图书集成》等，已经成为陆费逵先生毕生志向。

写到这里，回看自身，我常常会产生两个念头：一是出版人应该向藏书家学习，学他们爱书、懂书、藏书、识书，而不是只懂得编书、印书、卖书、赚钱；二是出版人结交朋友，一定要格外看重藏书家。我是这后一条的实践者，工作时尝到很多甜头。

　　先说陈子善，他不但是大学问家，曾担任大学图书馆馆长，而且藏书巨多，对近现代文学书目之精熟，堪称当代翘楚。回望几十年我编过的书，许多都出自于他参与的策划，像"新世纪万有文库""海豚书馆"等。前几年出版的他的《签名本丛考》，还有在编的《记徐志摩》、"张爱玲版本丛考"等，都是他珍藏版本与学术研究的成果。

　　再说王强，他是西书收藏家，而且不但收藏，还对西书版本状况极为熟悉。在微信群中，我经常见到他与陆灏、林道群等探讨藏品，彼此应答快慰，滔滔不绝，我无从插嘴。我们研究选题，时而会请王强参与讨论，他见解精道，异响旁出，让人叹服。有一次我问王强：在您的人生经历中，哪一种体验最难忘？他说去伦敦旧书店看书选书，老板一见他进来，立即挂上"闭店"的牌子，说今天不接待其他客人，只为你一个人服务。那样的感觉真是太奇妙了。

　　最后说韦力，实言之，我最爱听韦先生讲关于书的故事。有一次我评价，在对书的理解与认识上，韦先生类同于张元济一类人物。闻此言韦先生连称不敢，但这不是虚话，他起码有两个特点，时常让我惊为天人。一是他胸中

有无限多的好题目可写，他写不完，别人又写不了。题目
是什么？是一个创意产业的生命线。在海豚出版社时，我
们几次跟韦先生讨论选题，一次落实五六部书稿，后面还
有很多题目未及实现。如今韦先生著作很多，每年会有多
本新书面世，当然与他善于创意有关。再一是他对版本的
熟悉，如在中国典籍方面，别人是江河，他却浩如大海。
交流中，经常会出现那样的情况，当我问到某书状况时，
韦先生立即如数家珍，我问他为何如此熟悉，他说："某年
某月，我已经收藏此书。"此类事情如果偶尔发生，倒也不
足为奇，经常在闲谈中出现，我就不得不惊叹其神性了。

　　及此我想到近日一本新书《大英图书馆书籍史话》（译
林出版社）即将上市，作者大卫·皮尔森曾任英国国立艺
术图书馆收藏部主任、英国目录学协会主席，他在书中谈
到国家对藏书家的态度。他说在英国国家信托麾下，有多
家个人的庄园图书馆，他们在一九九九年曾举办一次大型
展览，介绍中写道："这些藏书让我们看到庄园原主人的知
识和文学兴趣，几乎和庄园宅邸一样生动。"它还提醒人
们，注意每本书的装帧、藏书票、眉批、题记等与众不同
的个性。最后总结说："书籍最好、最重要的特性是它们可

以被阅读，所以这些乡间庄园藏书仍能与人们交流。"

再有，此书译者恺蒂女士曾采访大卫·皮尔森。大卫谈到英国有许多藏书家协会，其中有一个非常高端且排外的协会，叫罗克斯伯俱乐部，它成立于一八一二年，是世界上最老的藏书家协会，成员限定在四十位，他们大都是英国的贵族，都有自己庞大的图书馆。这个俱乐部也出版书，每个成员都必须自费出版一本书，让其他成员欣赏，内容和风格可以自己决定。俱乐部也出版一般公众可以购买的书，但它们必须用统一的罗克斯伯装帧风格来装订。

通识与启蒙

　　这些年做出版、写文章，我经常会下单买书。近日整理购书的目录，发现自己在不知不觉之中，买了许多"牛津通识读本"。这套书由译林出版社出版，底本是从牛津大学出版社引进的。他们声称，自二〇〇八年始，拟用二十年左右的时间，陆续推出二百种。截至二〇一八年十一月，已经出版七十九种。在这些已经出版的书目中，我喜欢《自闭症》《网络》《古典哲学的趣味》《考古学的过去与未来》《亚里士多德的世界》《福柯》《哈贝马斯》《海德格尔》《历史之源》《天文学简史》……或者说，其中所有的书我都喜欢，只是要分一个先后顺序，一本一本地阅读。

　　牛津大学出版社出版的这套小书，英文名字为 A Very

Short Introductions，直译是"非常简短的介绍"。他们延请世界上各个学科的学者，用短小的篇幅、通俗的文字，写出该学科的知识介绍或曰导读。从一九九五年开始，牛津大学出版社陆续推出这些小册子，据言它们已经被翻译成五十多种文字，不断在世界各地出版。

　　看到丛书的英文名字，我并未感到陌生。早在上世纪九十年代中，也是牛津大学出版社刚刚开始出版这套书的时候，我就接触到了它们。也是偶然，那时我正在沈昌文先生的引荐下，跟香港牛津大学出版社联合出版《牛津少年儿童百科全书》，为此接触到几位香港牛津的高管如施恪、吴赞梅，还有一位项目负责人林道群先生。那时林三十几岁，很有学问，我们出版"新世纪万有文库"，他是外国文化书系的编委，也是整个编委会中最年轻的一位。在那一段时间里，除了谈《牛津少年儿童百科全书》的事情，我还向他请教其他可以出版的书。一次在深圳谈书稿，他从香港过来，拿出几本牛津刚刚出版的 A Very Short Introductions，称赞不已，向我们极力推荐。他还建议将书名改为"让你读懂的"系列。当时沈昌文在场，他也大为赞赏。沈还讲到，关于引进外版书，他曾请教陈原先生，陈说要重视牛津的书，它们知识准确，注重普及，作者一流。所以我们确定出版一套"牛津学术精选"，但那套 A Very Short Introductions 刚开始出版，数量不多，篇幅很小，所以要在此基础上，增添更多的书目。再者辽教社编辑力量不足，沈先生建议，请北京倪乐主持翻译工作。

　　一九九六年八月二日，我在《编辑日志》中记道："今天，香港牛津林道群传来牛津精选的书目。六月七日，我曾在京拜见吴赞梅，在谈过《牛津少年儿童百科全书》的相关事宜之后，我们又谈到引进一批牛津的学术著作，即编辑一套牛津学术精选，初拟一百本，每年推出十本，渐成规模。道群兄最支持此事，他当初向我推荐的一套小册子《让你读懂的哲学》《让你读懂的文学》等等，都纳入这套精选之中了。"九月二十三日，我又在《日志》中记道："由于我们与牛津大学出版社的合作全面铺开，大家兴致很高，于是又有一个更大的创意，那就是辽宁教育出版社与香港牛津大学出版社，联合成立一家中国人文编译所。今天，我们开列出工作宗旨，以及近两年的工作计划。其大体内容包括：组织翻译社会与思想丛书（五十册），组织翻译 Oxford Young Book（十册），组织翻译万有文库外国文化部分（五十册），组织翻译文化、社会译丛（五册），计划设立住所编译专家制，定期邀请海内外翻译专家来香港指导工作和审阅译稿。"

　　二〇一五年，我的《一个人的出版史》（第一卷）出版，当时在一九九六年八月那一段《日志》之下，我还注道："这套书出版后，在学术界的反响极好，董乐山等许多名家也参加了翻译工作。一次，在北京的一个读书会上，一位学者说，这其中的许多书是西方文化的经典，如果有人说看不懂，那一定是他的学识出了问题。"十年之后，即二〇〇六年九月十八日，我与沈昌文、柳青松在京宴请葛兆光、戴燕，兆光兄还说："当年的辽宁教育出版社确实出了一些好书，尤其是牛津精选，编得真不错。"

　　一九九八年二月，"牛津学术精选"第一集出版，我提出的广告词是"五百年牛津风范，五十种学术精品"。六月，《牛津少年儿童百科全书》出版，我提出的广告词是"时代精品，世纪津梁——与全世界儿童共同阅读《牛津少年儿童百科全书》"。

　　另外，由"牛津学术精选"引发，我们还在一九九八年，与剑桥大学出版社谈定出版"剑桥学术集萃"。我在这一年的《日志》中记道："十一月一日，我们在加拿大有一个重要的收获，就是与剑桥大学出版社建立了联系。说来有趣，剑桥原本是英国的出版社，但是他们在加拿大多伦多设有分社，我们正是从分社入手，拿到了剑桥的许多资料。"二〇一八年八月二十九日，我在北京，还参加了剑桥大学出版社的招待酒会。在会上，我与剑桥的版权经理进行了交流，我说希望引进一批剑桥的学术著作，还希望引进剑桥的教材。她说，学术著作没有问题，而教材在中国的合作伙伴太多，引进的时间也太长，你们不太好再插手。三十日，我与沈昌文拜见台湾联经总编辑林载爵时，谈到剑桥的事。林是剑桥毕业的，他对此事非常感兴趣。我们又请赵一凡先生帮助我们选书。然后，我们把遴选出的四十多个书目传给林载爵。九月十七日，林给沈复信："我根据剑桥的书目整理出建议的书单十五种。其中有几本可视为是必要的：1.《资本主义的近代社会理论》，这本书已卖了十三万，是剑桥最畅销的一本。很奇怪，竟然还没译成中文。2.《何谓现代性》。3.《何谓后现代》。4.《生物的帝国主义》。此书讲欧洲生物的扩张，议题有趣，历久不衰。"沈昌文在第一种书的下面注道："此书可能三联书店已选。但无论如何，请尽快去取得版权，是为要务。如能尽早得手，当为快事。"接着，沈又写道："林载爵传来剑桥精选书目，共十五题。林是剑桥出身。应当说，所选是较有把握的。我以为可行性比较大。何况，联经选这些书，就是为了与辽教社合作。我们可否先取得这些书的全球版权，然后同联经谈具体事宜。我这里，当然再同赵一凡商量一下。"

本世纪初，我离开辽教社，这套书，还有很多套书，都逐渐停止操作。"牛津学术精选"仅出版三集不到三十本，诸如《欧洲历史上的战争》《过去的声音——口述史》《浪漫派、叛逆者及反动派》。其中还有《当代学术入门——考古学》《当代学术入门——古典学》《当代学术入门——政治学》，它们正是二〇〇八年译林出版社开始出版的"牛津通识读本"之中的书目。

二〇〇九年，我到北京工作，又有机会与林道群接触，他时而谈到与译林的合作，谈到这套书，我很兴奋，还有些感伤，有些想法。一是当年沈昌文先生为我们起了一个好头，我们却没有很好地坚持，那么多好项目都半途而废。但牛津还在继续，尤其是译林做得更好。由此想到，百年

老店是怎样产生的？不言而喻。再一是译林称这套书为
"通识读本"，通识一词，也是我这些年非常关注的概念。
但我们多年追随陈原、沈昌文，讲的是文化启蒙，或曰启
智，出版的书有"书趣文丛"、"新世纪万有文库"、《万象》
杂志，当然也有牛津、剑桥的著作。西方的启蒙运动与通
识教育，两者在时间上有前后之分，在追求上也有所差异，
在功能上却有着诸多包含、交融之处。那么今日之中国，
正处在哪个阶段呢？哪个问题更为紧迫呢？

　　我承认，出版牛津的那些好书，无论著作者、出版者
出于何种目的，都对启蒙或通识教育大为有用。至于丛书
的名字，我还是更喜欢 A Very Short Introductions 的
叫法。

成名与成家

人民出版社"中国出版家丛书",从二〇一四年开始陆续面世。前几天刚刚收到最新一批样书,汇集起来,已经出版的人物包括:巴金、陆费逵、赵家璧、章锡琛、郑振铎、叶圣陶、张元济、邹韬奋、陈原、邵洵美、舒新城、王云五、徐伯昕、王伯祥、曹辛之、陈翰伯、金灿然、罗竹风。近一段时间,它们已经成为我的案头书,时常学习、翻检、核对或评点。整体印象,不敢说执笔者水准整齐划一,但以我目光所及,这已经是近年以来一套很好的行业名家传记丛书了。为什么这样说呢?

其一,联想到这些年出版大书、套书不少,不断有人掀起盛世修典、推举百佳一类应景活动。与这套书比较,他们的追求实在有所不同。应该说，为百年出版英才树碑立传，并不是一件轻松的事情。从大背景说，它需要有时代的铺垫，诸如思想解放、实事求是，都是组建丛书的重要基础。四十年改革开放中，这些观念似乎已经成为常识，让我们自然遵守，其实不然。说起来我也是这套丛书的作者之一，撰写了《中国出版家·王云五》，因此了解这套丛书的创意、初衷和启动等组织过程，尤其是在处理书稿时，思想的交锋时时都在。诸如：某某人物能列入吗？你为什么要为那些人涂脂抹粉呢？……

许多时候，我会无言，只是更能理解思想启蒙的重要性，以及一个族群能够生生不息，能够在世界上树立自信与尊严的艰巨性。更应该感谢丛书组织者暨人民出版社的工作精神，他们老老实实做选题研究，老老实实为中国百年出版史积累资源的精神，确实让人敬佩。

其二，归结起来，这套丛书收录出版家，有三项原则：一是时间切割，以二十世纪的人物为界；二是人物遴选，只收录已经过世的人物；三是贡献的评定。如果说出版传记丛书，上述前两项是硬性标准的话，那么第三项标准就属于软性的了。其性虽软，但此处最见功力，问题也往往出在这里。比如决定收入或汰除一个人的根据是什么？是政治性、思想性、进步性、独立性，还是地位、资产、业绩、财富？或者再单纯一些，预设标准，评判他是好人或坏人？我觉得，关键还是看他的文化追求与贡献。

本丛书正是落脚在文化基点之上，因此有了包容性和历史视野，有了突破时代禁锢的眼光和勇气，也有了高明的、不同以往的选人标准：有传承如张元济、陆费逵、邹韬奋，有扩展如巴金、叶圣陶，有突破如王云五、邵洵美，有深入如徐伯昕、王伯祥，有延伸如陈翰伯、陈原……与此前的相关研究比较，这套书在这些原则上做得好，是树立丛书品质的第一基础。

其三，在写作约定上，组织者的正向原则，如：坚持严肃的史学研究；坚持尊重人物的客观真实，不能随意拔高或矮化；坚持仅为出版家立传，不言及其他社会活动。应该说，这样的约束保证了丛书立项的可行性，但并未达到史官秉笔直书的理想境界。我自认为，这已经很好了。同时还有它的反向原则，约定我们的著作，不是普通传记，不是教科书，不是学术专著，不是历史八卦，不是立志鸡汤，不是完人圣人。凡此种种，未必完全是编委会的意见，而是我参与写作时的理解，也可能是我的曲解。

写到这里，我想到一个相关的问题，即所谓"成名成家"。曾几何时，它不是一个好词，常与个人主义、沽名钓誉等坏思想相连带。其实这有些说不通，不然许多大人物盖棺定论时，为何要冠上一串某某家的赞词呢？由此我又想到，在我国传统文化中，有几个与此相关的概念，如：名、家、成名、成家、名家，等等。它们词义彼此交融连带，含义不尽相同，却有启发性。在此不妨分别道来：

名：《辞源》中列出的含义很多，有称号、姓名、文字、名誉、称说、大、目上眉睫之间，还有老庄之名、孔儒之正名，等等。此处针对传记，说的是名誉，如《孙子·地形》："故进不求名，退不避罪，唯民是保。"为人树碑立传，基础正是他的名誉。当然仅有传主的名誉还不够，执笔者的水平非常重要，司马迁所作的《太史公书》，被后人称为"史家之绝唱，无韵之离骚"，自有他的道理。

名人或名士：《吕氏春秋·劝学》："圣人生于疾学，不疾学而能为魁士名人者，未之尝有也。"又见《吕氏春秋·尊师》："由此为天下名士显人，以终其寿，王公大人从而礼之，此得之于学也。"此二句的落脚点，都在一个

"学"字之上。由此可言，要想成为名人，首先应该是一位学问家。但学问只是充分条件，学成之后能否成名，还要看业绩和造化，更要看道德。如《周易·系辞下》："善不积，不足以成名；恶不积，不足以灭身。"又如张元济那副对联："数百年旧家无非积德，第一件好事还是读书。"他将读书与积德对应，把二者看得同样重要。

　　家：它的词义也很多，如家族、夫家、妇家、安家、士大夫采地、归依、家禽、自称等。此处是说有专长的人，如《汉书·艺文志》："故《春秋》分为五，《诗》分为四，《易》有数家之传。"此中"数家"，正是指有《易》学专长的人。附言：专长是一个中性词，可好可坏，还可以兼而有之，比如评判一个人物，说他既是学问家又是阴谋家云云。好坏并存一身的人，并不鲜见。

　　名家：这里不是指诸子百家中的名家，也不是指名门一类，而是指有专长而自成一家的人。如《汉书·艺文志》："传《齐论》者……唯王阳名家；传《鲁论语》者，常山都尉龚奋、长信少府夏侯胜、丞相韦贤、鲁扶卿、前将军萧望之、安昌侯张禹，皆名家。"此处名家与专家类同，对照"中国出版家丛书"中人物，学问家大多够格兼为某一方面的专家，所谓手执"两支笔"，却未见得整齐。

　　成名：有命名、盛名等词义，其中成与盛是通假字。有两个词义符合此处论说：一是旧时科举中式叫成名，所谓"十年寒窗无人问，一举成名天下知。"还有唐代罗隐有《偶题》诗句："我未成名君未嫁，可能俱是不如人。"再一是树立名声，如《论语·子罕》："大哉孔子！博学而无所成名。"注意：《论语》中的那句话，是说有人评价孔子知识广博而无专长，孔子听到后说："那我干什么呢？驾车？射箭？我还是驾车吧。"这倒让我想到两点，一是有人喜欢将孔子奉为编辑的先师，二是有人称编辑为杂家。孔子是圣人，不必多言；杂家一词古已有之，《汉书·艺文志》："杂家者流，盖出于议官。兼儒、墨，合名、法……"如今转用，总觉得有诸多不妥，比如一个行业的人，岂能都成家了？王云五说，好编辑像一个善于配菜的厨师或服务生；沈昌文说，编辑就是打杂的。这样的界定，似乎更让人轻松。

　　成家：词义有成立家室、娶妻、安家一类，此处讲的却是成为专家。专家是指有某种专长的人。撰写《宋书》的大学问家沈约，他在编纂史书、校勘典籍方面，称得上是编辑的祖辈了。他却说："臣艺不博古，学谢专家。"（见

《初学记》十二，《到著作省表》）如此谦逊的态度，足以让同道大为汗颜。那么何种人才称得上专家呢？

北齐时有一位狂人杜弼，他很有学问，精于玄理，注释《庄子·惠施》篇和《周易·系辞传》，汇编成书《新注义苑》，流行于世。杜弼是一位专家，据《北齐书·杜弼传》记载，皇帝说他："卿才识优恰，业尚通远，息栖儒门，驰骋玄肆，既启专家之学，且畅释老之言。"果然傲视天下，才气逼人。但《北史·杜弼传》又说他："性质直，在霸朝多所匡正。……十年夏，上因饮酒，积其愆失，遣使就州斩之。寻悔，驿追不及。"呵呵，专家又如何呢？只是因为过于耿直，竟然被皇帝酒醉错斩了。看来性格和社会环境也很重要，或曰成名成家难，做人更难。

大刘与小刘

　　前些年读《十三经注疏》，文下注释密密麻麻，其中多有谈及汉代刘向、刘歆父子的地方，引者或称之为二刘，或称之为大刘、小刘云云。其实在历史上，刘向、刘歆二人名声巨大，班固《汉书》说，孔子之后，一直到汉代，不再有圣人出现，能够承继圣意的人，大概只有孟轲、荀况、董仲舒、司马迁、刘向、扬雄六位。王充《论衡》说，刘向、刘歆、桓谭和扬雄的先后出现，正如周文王、周武王和周公并出一时，"譬珠玉不可多得，以其珍也"。

　　那么刘向、刘歆何以得到如此赞誉呢？当然缘于他们的学识与文章才华。班固说："父子俱好古，博见强志，过绝于人。"王充说，董仲舒文章最善，刘歆文章尤美，"美善不空，才高知深之验也"；且称刘歆"汉朝智囊，笔墨渊海"。章太炎说，两汉时期，各家文章雄浑雅健，但多有"盈词"可改；唯有刘歆文章《移让太常博士书》，"乃一字无虚设"，并称刘歆是"孔子以后的最大人物"。

追根溯源，刘向是汉高祖刘邦的宗亲，他的五世祖刘交是刘邦的异母弟。在我们的印象中，刘邦家世本无诗书底色，如唐代章碣《焚书坑》云："竹帛烟销帝业虚，关河空锁祖龙居。坑灰未冷山东乱，刘项原来不读书。"但刘邦不读书，并非刘家子弟都不读书，刘交就是一位喜好读书的人。早年刘交与鲁穆生、白生、申公一同，跟随荀子的门人浮丘伯学习《诗经》。直到秦始皇焚书，他们才被迫散去。后来刘邦得江山，封刘交为楚元王，刘交又将三位同学召集过来，还让申公与他的儿子刘郢客，去长安跟随浮丘伯继续学习《诗经》。汉文帝时，申公因为精研《诗经》有成，拜为博士，后有《鲁诗》传世，刘交也有《元王诗》名世。另外，除刘郢客继承王位之外，刘交还有五个儿子得以封侯，其中休侯刘富一支，有子刘辟彊，孙刘德，曾孙刘向，玄孙刘歆。

单说刘富一支，刘辟彊承继祖父刘交遗风，喜欢读

《诗经》、写文章，"清静少欲，常以书自娱，不肯仕"。其子刘德也喜欢读书，最爱《老子》，崇尚"知足"二字。提示一下，这位刘德与河间献王刘德重名，后者是汉景帝之子。再说回来，当时权臣霍光横行一时，霍曾提出把女儿嫁给刘德，刘德没同意，意在"畏盛满也"。由此想到刘德的孙子刘歆，他却把女儿刘愔嫁给王莽的儿子王临，最终导致家破人亡，落下千古骂名。可见刘歆没把祖宗的训诫学好。

刘德的儿子刘向"为人简易无威仪，廉靖乐道，不交接世俗，专积思于经术，昼诵书传，夜观星宿，或不寐达旦"（《汉书》）。但刘向处事不能像父亲那样超脱，早年他见到家中有《枕中鸿宝苑秘书》一书，那是父亲参与平定淮南王刘安时，清理刘安藏书，带回家的。书中有记炼金与长生之法，刘向把书献给汉宣帝，没想到方法不灵，刘向险些被处死刑，君王念及他的才华，才放过他，让他去研习《谷梁传》。此事也成为刘向人生污点，后世有人以此为例，批评刘向博而不精，只算是一个通人，即使作为贤人，也远不如汉代谷永。

其实刘向的品质，远非一件事情可以定论。追寻刘向一生历史，单说他二十年身居天禄阁，苦心校阅书刊，撰著《别录》传世，兢兢业业，一丝不苟。《汉宫殿疏》中传说，刘向在天禄阁校书时，专精覃思。夜间一位身穿黄衣服的老人，拄着青藜杖走进来，看见刘向坐在暗处背诵典籍，老人便吹燃手杖的顶端，借着光亮，向他传授洪范五行。刘向见内容太多，害怕忘记，还撕下衣服，解下腰带，用来记录。(《三辅黄图》)故而刘向后人以"黎阁刘氏"自称。刘向留下著作《别录》《洪范五行传论》《五经通义》《五经杂义》《刘向谶》《刘向老子说》《五纪论》《新序》《说苑》《列女传》《世说》等；他还整理校订著作《楚辞》《世本》《战国策》《晏子》《管子》《列子》等。刘向文章之美，我们至今还可以在《唐雎不辱使命》《螳螂捕蝉》等名篇中欣赏到。

刘向又是一位忠诚正直的人。《汉书》中记有他的十篇奏疏文章，有对王氏外戚专权的告诫，有对日食现象的解说，还有对奢靡现象的痛斥，对皇家修筑陵墓的劝阻云云。他的文章不但言辞充满刚正之气，文采也千古流传。再者，刘向见到儿子刘歆少年得志，未知世态炎凉，曾写《戒子歆书》，以董仲舒"贺者在门，吊者在闾"与"吊者在门，

贺者在闾"为例，向刘歆讲述福祸相倚的道理。前者说明
"受福则骄奢，骄奢则祸至"；后者说明"有忧则恐惧敬事，
敬事则必有善功，而福至也"。

刘向校书期间，他的第三子刘歆曾受诏来到天禄阁，
与父亲一同工作。刘向去世后，刘歆接续父亲的事业，将
其发扬光大。刘歆的成就很多，他以刘向《别录》为基础，
编撰《七略》，将众书分为六大类，既剖判百家，又创建部
次条别之法，辨章学术，考镜源流，父子合璧，成为中国
目录学、校勘学等开端。再者刘歆整理秘籍时，读到古文
经书《逸礼》《古文尚书》《左传》等，提出将古文经书列
入官学，由此引发今古文经学之争。最终刘歆惧祸，离开
京城，去五原（今包头西北）做官，后来赋闲在家多年。
刘歆一生留下许多成就，有著作《春秋左氏传章句》《春秋
左氏传条例》《尔雅注》《三统历谱》。据传刘歆还曾撰写
《续史记》《汉书》等。刘歆诗文有《遂初赋》《移让太常博
士书》《上〈山海经〉表》《甘泉宫赋》《灯赋》等传世。

说是子承父业，其实刘向父子还有许多不同。首先是
在学术上，刘向与刘歆分歧很多，我在研读《汉书》时发
现，刘向每提出一个观点，刘歆经常会站出来反驳。班固

将这些争吵的内容如实记载，少加评判，也是正史中的一段奇观，却为后世攻击二刘留下口实。如宋代欧阳修在《新唐书》中，批评二刘背离圣人的本意，还自相矛盾（至其不通也，父子之言自相戾）。还有人说，刘歆四处反驳父亲的观点，也是一种不孝的行为。（《容斋随笔》）其次在人品上，晋代傅玄说："向才学俗而志忠，歆才学通而行邪。"原因是刘向始终忠于汉室，刘歆却做了汉贼王莽的国师。历史上王莽被视为乱臣贼子，刘歆也成为负面人物。后人说他编造古文经书，为王莽篡汉寻找根据。如康有为诗云："歆造伪经，密致而工，写以古文体隆隆。托之河间及鲁共，兼力造《汉书》，一手掩群矇。"后来钱穆文章《刘向刘歆父子年谱》，列出二十八条质疑及逐年史考，反证刘歆造伪之说不通。

　　刘歆又是一个能够推往知来的人，他很早把自己的名字改为刘秀。为什么？当时没人知道。十几年后，纬书《河图赤伏符》显世，其中有记："刘秀发兵捕不道，四夷云集龙斗野，四七炎际火为王。"预言将有一位叫刘秀的人出来恢复汉室，想来刘歆早已预见此事。后来汉室复兴，光武帝果然叫刘秀，却不是那位改名的刘秀。

　　由此又想到两件事情：一是王莽之子王临谋反，刘歆的两个儿子受到株连被杀。而王临的老婆，正是刘歆的女儿刘愔。她受父亲影响，也会看天象。事发之前，刘愔告诉王临，据天象显示，宫中会有丧事发生，因此事情败露后，刘愔也被王莽赐死。再一是后来刘歆与人勾结谋反，开始确定在六月动手；刘歆夜观天象，认为时间不对，还要等一等。结果夜长梦多，到了七月事情败露，刘歆自杀身亡。最终还是人算不如天算。

献书王

　　今河北献县，汉代为河间国所在地。为了纪念西汉河间献王刘德，金代改称献州，明代又改称献县，一直沿用下来。至今献县还有一处规模宏大的汉代墓群，根据二〇一二年鉴定，其中有两汉陵墓如献王陵、毛公墓、贯公墓等三十七座。

　　刘德是汉景帝刘启的第二个儿子，栗太子刘荣的同母弟，汉武帝刘彻的异母兄，景帝时刘德被封为河间王。那么，刘德何以称"献王"，又何以有"献书王"之称呢？

　　先说第一个问题。"献王"是刘德死后，汉武帝刘彻封给他的谥号。班固《汉书·刘德传》有记，刘德去世时，人们评价他"身端行治，温仁恭俭，笃敬爱下，明知深察，惠于鳏寡"。为此行令官上奏汉武帝说："聪明睿智者为献，所以刘德的谥号应该叫作献王。"这就是"河间献王"的由来。再者班固在评价刘德时，还使用了两个更有冲击力的成语：一为"实事求是"，即"河间献王德以孝景前二年立，修学好古，实事求是"。他是说刘德喜好收集和研习先人的典籍，并且能够根据得到的事实，求得正确的结论。再一为"卓尔不群"，他是说从汉代兴盛到王莽时代，得到分封的汉家王侯数以百计，他们大多数人沉溺于放恣之中，骄淫失道。只有河间献王刘德不同，"夫唯大雅，卓尔不群，河间献王近之矣"。

再说第二个问题。其实在正史之中，河间献王刘德并没有"献书王"的名号，它只是在民间，由"献王"而引出的一个说法。话虽如此，刘德凭借一生与书的关系，实在无愧于"书王"的称号。首先是他受封河间王之后，在二十六年间，始终致力于搜集民间存藏的古代典籍。他购书时不但赐予献书者金帛，还将书抄录一遍，留下真本，把抄本送给献书者，留作纪念。这样的风度颇受众多藏家爱戴，"繇是四方道术之人不远千里，或有先祖旧书，多奉以奏献王者，故得书多，与汉朝等"。其次是刘德藏书，不

888

单是猎奇或囤积，还要一面收藏，一面整理，一面研究，一面讲授。这决定了刘德藏书不但数量多，而且品质极高，创造出许多冠绝一时的学术成就。难怪班固在《汉书·刘德传》中，在褒扬刘德同时，还顺带一句，批评淮南王刘安藏书大不如刘德的话语："是时，淮南王安亦好书，所招致率多浮辩。"

　　再看当时的社会状况。汉代兴起之后，在很长一段时间里，秦始皇"焚书坑儒"造成的文化断裂，并没有得到及时的修复，至于儒学的复兴，经历了更长的时间。正如《隋书·经籍志》所言："汉氏诛除秦、项，未及下车，先命叔孙通草绵蕞之仪，救击柱之弊。其后张苍治律历，陆贾撰《新语》，曹参荐盖公言黄老，惠帝除挟书之律，儒者始以其业行于民间。"它是说，直到汉惠帝时，秦代"私人挟带书籍者将灭族"的法律才被废除，儒学才开始在民间传播。汉景帝时，刘德受封河间王，开启了自己的藏书与儒学研究之旅。汉武帝刘彻称帝后，掀起"全民献书运动"，那时的盛况，如《风俗通义》所写："武帝广开献书之路，立五经博士，开弟子员，设科射策，劝以官禄。讫于元始，百有余年，书积如丘山，传业浸盛，枝叶繁滋，一经说百万言，盖禄利之路然也。"此时，刘德藏书已经有十余年的积累，在数量上"可与汉朝等"，在质量上"皆古文先秦旧书"，他自然成为武帝献书运动中首屈一指的人物。这些故事，权作他获得"献书王"之誉的依据吧。

由此想到，清代纪晓岚在为刘向《说苑》作提要时，曾说刘德为一代"儒宗"，可见其学术地位之高，绝非一个"献书王"可以概括。我们可从下面四点之中略见：

其一，刘德不但藏书，而且懂书，能够研究版本，辨章学术，考镜源流，如《汉书·刘德传》所言："献王所得书皆古文先秦旧书，《周官》《尚书》《礼》《礼记》《孟子》《老子》之属，皆经传说记，七十子之徒所论。"如今传世的许多典籍版本，都是刘德收藏、整理出来的。正如司马光《传家集》赞道："唯献王厉节治身，爱古博雅，专以圣人法度遗落为忧，聚残补缺，校实取正，得《周官》《左氏春秋》《毛氏诗》而立之。"此后爆发的今古文之争，即源于此。还有刘德对先秦乐礼典籍的整理，亦是一大贡献。如《汉书·艺文志》言："武帝时，河间献王好儒，与毛生等共采《周官》及诸子言乐事者，以作《乐记》，献八佾之舞，与制氏不相远。"再如《汉书·礼乐志》言："河间献王聘求幽隐，修兴雅乐以助化。时大儒公孙弘、董仲舒等皆以为音中正雅，立之大乐。"

其二，刘德不但藏书，而且招聘博士，倡导学术传习。如《汉书·刘德传》所言："其学举六艺，立《毛氏诗》《左氏春秋》博士。修礼乐，被服儒术，造次必于儒者。山东诸儒者多从而游。"其中《毛氏诗》，以"小毛公"毛苌为博士，与当时的《齐诗》《鲁诗》《韩诗》并誉。时至今日，只有《毛诗》流传，也是刘德弘扬之功。其中《左氏春秋》，以"贯公"贯长卿为博士，使《左传》得以被整理，此后有刘歆等儒生接续，发扬光大。其中"山东儒生多从游"，以刘德不但整理典籍，还修建一座日华宫，供儒生们居住讲学。日华宫规模宏大，《西京杂记》有记："河间王德筑日华宫，置客馆二十余区，以待学士。自奉养不逾宾客。"据言日华宫的砖石上，均刻着"君子"等词句，世称"君子砖"，如今价值不菲。《鲁迅日记》有记，鲁迅于一九二四年九月，曾以六元钱买过一块君子砖。

其三，虽然旧籍之中，记录刘德言辞不多，但其学术地位备受推崇。比如董仲舒《春秋繁露》中的《五行对》，就是董仲舒与刘德关于《孝经》的一段对话。再如刘向

《说苑》中，有记刘德四段言论，分别讲述尧、舜、商汤、管子等圣贤的治国方略。对此《四库全书总目提要》中赞道："《汉志》《河间献王》八篇，《隋志》已不著录，而此书（《说苑》）所载四条，尚足见其议论醇正，不愧儒宗。"司马光《传家集》甚至说，刘德的哥哥栗太子刘荣被废之后，按照长幼顺序，应该由刘德继任太子的位置。如果那样的话，刘德会以儒家的仁义治国，移风易俗，汉朝就可以避免汉武帝造成的祸患，即"必无神仙祠祀之颂，宫室观游之费，穷兵黩武之劳，赋役转输之敝"，国家昌盛，甚至会远远超越"文景之治"的时代。

其四，汉代以降，历代儒生一直对刘德推崇备至，其影响至深。如汉代杜业《汉名臣奏》："河间献王，经术通明，积德累行，天下俊雄众儒皆归之。"明代唐世隆《修河间献王陵庙碑记》："天不丧斯文，乃有河间献王德者，修学好古，被服儒术，招集四方文学之士，购求遗书，献雅乐，补《周礼》，慨然以斯道为己任焉。"清代曾国藩《书学案小识后》："近世乾嘉之间，诸儒务为浩博。惠定宇、戴东原之流钩研诂训，本河间献王实事求是之旨，薄宋贤为空疏。夫所谓事者，非物乎？是者，非理乎？实事求是，非即朱子所称即物穷理者乎？名目自高，低毁日月，亦变而蔽者也。"

最后说一说刘德的人生结局。前文提到，汉武帝刘彻征集天下书籍，而他的异母兄长、河间王刘德为当时的藏书之王。所以在元光五年，即汉武帝刘彻称帝十一年时，刘德首次进京行朝觐之礼，献上许多珍贵的典籍和雅乐。

当时汉武帝推行策问制度，如董仲舒以"天人三策"实现的"罢黜百家，独尊儒术"，即是策问的产物。此时，刘德、刘彻兄弟二人，在三雍宫对坐，刘彻提出问题，刘德回答。《史记》说问了五策，《汉书》说问了三十策。刘德主张复兴儒学，仁义治国，他的回答滔滔不绝，似乎没有穷尽，听得汉武帝刘彻面色渐变，转而对刘德说："商汤以七十里之地立国，周文王以百里之地立国，你也努力吧。"听到这样的回答，刘德明白了武帝的意思。回到属地后，刘德开始饮酒作乐，不久就死去了。

淮南王书

　　西汉二百一十年间，曾有过数百位王侯，他们大多名声不好，如班固《汉书》写道："昔鲁哀公有言：'寡人生于深宫之中，长于妇人之手，未尝知忧，未尝知惧。'信哉斯言也！虽欲不危亡，不可得已。是故古人以宴安为鸩毒，亡德而富贵，谓之不幸。汉兴，至于孝平，诸侯王以百数，率多骄淫失道。何则？沈溺放恣之中，居势使然也。自凡人犹系于习俗，而况哀公之伦乎！"那么，其中有没有好人呢？当然有，班固提到一位"卓尔不群"的优秀人物，就是河间献王刘德。其实还有一位伟大的人物，他就是淮南王刘安。

　　刘安是刘邦的孙子，他的父亲是淮南厉王刘长。当年刘邦途经赵国，赵王张敖献上的赵美人竟然有了身孕。不久赵王谋反被平叛，赵美人生下刘邦的儿子刘长，然后自缢而死。刘邦将刘长交给吕后抚养，淮南王英布叛乱而死，刘邦又立刘长为淮南王。刘邦死后吕后专政，残害刘氏后代，等到汉文帝刘恒即位时，刘邦的八个亲生儿子，只剩下刘恒与刘长两位。兄弟二人原本关系很好，刘长称文帝为"大兄"。他身长体大，力能扛鼎，曾用袖中的金锥，将当年坑害他母亲的辟阳侯审食其击死。再加上刘长年轻气盛，时常违反法纪，引起大臣们的恐惧，大臣们纷纷上书，希望文帝训诫刘长。为此文帝废掉刘长淮南王的封号，把他关到囚车里发配严道县。没想到刘长性情刚烈，竟在途中绝食身亡。押送者明知刘长已死，却装作不知，拉着尸体一直走到陕西雍县，才上奏朝廷。文帝听闻其事号啕大哭，后悔不该这样对待他唯一的兄弟，因此又杀掉许多相关的人。几年后民间歌谣传来："一尺布，尚可缝；一斗粟，尚可舂。兄弟二人，不相容！"文帝听到后越发难过，于是依据《谥法》"暴慢无亲曰厉"，追谥刘长为淮南厉王，还恢复了刘长后代的封地，立刘长的长子刘安为淮南王。

　　刘安好读书，司马迁《史记·淮南衡山列传》写道：

"淮南王安为人好读书鼓琴，不喜弋猎狗马驰骋，亦欲以行阴德拊循百姓，流誉天下。"班固《汉书·淮南衡山济北王传》也写道："淮南王安为人好书，鼓琴，不喜弋猎狗马驰骋，亦欲以行阴德拊循百姓，流名誉。招致宾客方术之士数千人，作为《内书》二十一篇，《外书》甚众，又有《中篇》八卷，言神仙黄白之术，亦二十余万言。时武帝方好艺文，以安属为诸父，辩博善为文辞，甚尊重之。每为报书及赐，常召司马相如等视草乃遣。初，安入朝，献所作《内篇》，新出，上爱秘之。使为《离骚传》，旦受诏，日食时上。又献《颂德》及《长安都国颂》。每宴见，谈说得失及方技赋颂，昏莫然后罢。"他们是说，刘安喜好读书、鼓琴，不喜欢声色犬马之事，并且爱护百姓，名满天下。至于刘安的才学，班固提到他的著作《内书》《外书》与《中篇》等，它们就是《淮南王书》。在辈分上，刘安是汉武帝刘彻的叔叔，更兼刘安善为文辞，因此汉武帝格外尊重他。文字来往时，汉武帝在报书草成之后，经常会让司马相如等审阅，然后再发给刘安。汉武帝登基第二年，刘安前来拜谒，奉上他的新著《淮南王书·内篇》。武帝十分喜爱，加以珍藏，还让刘安作《离骚传》，早上下诏，刘安很快就写好了。可见刘安的著作并非完全靠门下宾客的帮助，他本人也有真才实学。《汉书·艺文志》中，记载了刘安的著作如《淮南道训》二篇，《琴颂》，《淮南内》二十一篇，《淮南外》三十三篇，《淮南王赋》八十二篇，《淮南王群臣赋》四十四篇，《淮南歌诗》四篇，《淮南王兵法》，《淮南王杂子星》十九卷。此外见于记载的著作，还有《谏伐南越书》与《枕中鸿宝苑秘书》等四十余篇部。

但有一件事情令人称奇，那就是司马迁在长长的《史记·淮南衡山列传》中，对刘安的著述和学术成就几乎只字未提，连篇累牍，讲的都是一些近乎八卦的故事。他谈到建元二年，刘安觐见汉武帝，曾经与武安侯田蚡有过一段对话。田蚡说："今上没有儿子，你是高皇帝的孙子，以仁义行天下。将来今上一旦驾崩，除了你还有谁能继任天下呢？"听到田蚡这样说，刘安非常高兴，送给他许多财物。细细思考，这段对话有些离谱。先说刘安是汉武帝的叔叔，叔叔等待侄儿死去接班，显然不合情理；况且此时刘安已经四十一岁，汉武帝只有十七岁，身体强壮，根本谈不到宫车晏驾的事情。即使当时汉武帝没有儿子，他也有的是时间生出几个来，哪会轮到叔叔刘安接班呢？反过来想，如果当时刘安真的盛名盖世，那么这可能才是后来被逼自杀的主要原因。司马迁还记载，刘安经常派遣他的女儿刘陵，带着金钱进京，为他打探情况，结交汉武帝周围的人。由此，司马迁批评刘长父子，说他们身为王侯，疆土千里，不能尽力辅佐天子，还有叛逆之心，导致国破人亡，让天下人耻笑。如此观点，班固《汉书》大同小异。

就这样，在正史之中，刘安被归于乱臣贼子系列，类同的身份与评价，一直延续到今天，如当代白寿彝先生《中国通史》称："刘安无论在政治上，还是在学术思想上，都是失败的。当时，削弱藩国与独尊儒术可谓大势所趋；刘安逆流而动，实难得逞。"但如果问：刘安为什么要这样做呢？司马迁给出两个原因：一是为报父仇，如《史记》写道："时时怨望厉王死，时欲畔逆，未有因也"；再一是源于荆楚之地的反叛民风，如《史记》写道："太史公曰：诗之所谓'戎狄是膺，荆舒是惩'，信哉是言也。……此非独王过也，亦其俗薄，臣下渐靡使然也。夫荆楚僄勇轻悍，好作乱，乃自古记之矣。"

再者刘安著作的地位，也始终不能得到恰当的评价。比如书的分类不当，刘向以及班固《汉书·艺文志》即将

《淮南子》与《吕氏春秋》一并归于杂家类，未能将其归入道家经典。再如刘安著作的称谓杂乱，有《鸿烈》《淮南记》《淮南》《淮南子》《刘安子》《淮南内》与《淮南外》等。唐代以后有称《淮南鸿烈》，胡适专著《淮南王书》把刘安的著作统称为《淮南王书》。但刘安著作的研究一直备受重视，据陈广忠先生统计，两汉四百多年间，研读《淮南子》的人物有汉武帝、刘向、刘歆、扬雄、王充、许慎、马融、延笃、卢植、高诱、应劭等，而司马谈、司马迁父子也很熟悉《淮南子》，《史记》三家注中，引《淮南子》作注七十多条；东汉许慎注释《淮南子》，并且在《说文》中采撷数百条用来训释字义。汉代以降，人们对刘安学术的评价也越来越高。如唐代刘知几《史通》称："昔汉世刘安著书，号曰《淮南子》。其书牢笼天地，博极古今，上自太公，下至商鞅。其错综经纬，自谓兼于数家，无遗力矣。然自《淮南》以后，作者无绝。"梁启超《中国近三百年学术史》称："《淮南鸿烈》为西汉道家言之渊府，其书博大而有条贯，汉人著述中第一流也。"胡适《淮南王书》称："道家集古代思想的大成，而《淮南王书》又集道家的大成。"

　　至于刘安的故事，正史落寞，外史却十分热闹。刘歆

《西京杂记》说，刘安手下的方士神通广大，"画地成江河，撮土为山岩，嘘吸为寒暑，喷嗽为雨雾"，后来刘安并未自杀，而是跟随他们飞升而去。王充《论衡》说，刘安服仙丹飞升，遗落下的仙药被家中鸡犬吃掉，它们也飞到空中，"犬吠于天上，鸡鸣于云中"，故有"一人得道，鸡犬升天"的传说。王充说这都是谎言，人连羽毛都没有，哪能飞升呢？《晋书·符坚载记》说，符坚曾登高观望，见到八公山上的草木长成军队的形状，他以为是漫山遍野的晋军，面生惧色，故有"八公山上，草木皆兵"的传说。此处即为刘安与八公飞升之地。葛洪《神仙传》说，汉武帝听说刘安没有自杀，而是与八公飞升而去，不禁叹息："我要是能像刘安那样成仙，天下在我的眼里也就是脱掉的靴子啊。"

萧梁的书香

　　时至岁末，总结笔下历史人物，有一个家族的故事，令我几番感叹：那是南朝时期的一个时代，有一个皇室家族，立国不过五十五年就灭亡了。正史本纪中记载的他们的皇帝，也不过四位。但那个王朝，又被称为历史上最有文化风采的时代，它在文学史上的地位，甚至不逊于盛唐与北宋。当时的大学问家，可以开出长长的一列：《昭明文选》之萧统、《宋书》之沈约、《南齐书》之萧子显、《文心雕龙》之刘勰、《诗品》之钟嵘，以及名士如江淹、庾信、吴均、刘昭、刘峻、陶弘景。常言六朝烟雨，这一朝更让人久久难忘。

　　它就是南朝时期的梁朝，史称南梁或萧梁。需要提到的人物是梁武帝萧衍、梁简文帝萧纲、梁元帝萧绎，还有昭明太子萧统。正史《梁书》与《南史》中有他们的纪传，与廿五史中的历代帝王纪传比较，相似之处是一致的神化；不同之处，却是萧氏皇族读书与撰述的传统。这样的风度，说是家积缥缃，史记他们的先祖萧何，出身不过是秦时的一位县吏；汉时萧何暴得大名，其才华也在"镇国家，抚百姓，给馈饷，不绝粮道"。说是时代使然，那一定是南朝文化的底色了。

正史之中，记载南梁萧氏读书与著述的故事不是很多，但与历代帝王纪传比较，已经称得上冠绝古今了。略记如下：

梁开国皇帝萧衍，《梁书·武帝本纪》写道："少而笃学，洞达儒玄。虽万机多务，犹卷不辍手，燃烛侧光，常至戊夜。造《制旨孝经义》《周易讲疏》，及六十四卦、二《系》、《文言》、《序卦》等义，《乐社义》《毛诗答问》《春秋答问》《尚书大义》《中庸讲疏》《孔子正言》《老子讲疏》，凡二百余卷，并正先儒之迷，开古圣之旨。王侯朝臣皆奉表质疑，高祖皆为解释。修饰国学，增广生员，立五馆，置'五经'博士。"萧衍在京城开创讲学之风气，造

《经书》数百卷，《通史》六百卷；撰《文集》一百二十卷，
《金策》三十卷。萧衍布衣素食，不近酒色，勤奋如："每至
冬月，四更竟，即敕把烛看事，执笔触寒，手为皴裂。"

　　萧衍的长子萧统，即昭明太子，《梁书·昭明太子传》
写道："太子生而聪叡，三岁受《孝经》《论语》，五岁遍读
'五经'，悉能讽诵。……八年九月，于寿安殿讲《孝经》，
尽通大义。讲毕，亲临释奠于国学。"又写道："太子美姿
貌，善举止。读书数行并下，过目皆忆。每游宴祖道，赋
诗至十数韵。或命作剧韵赋之，皆属思便成，无所点易。"
萧统著《文集》二十卷；又撰古今典诰文言，为《正序》十
卷；五言诗之善者，为《文章英华》二十卷；《文选》三十
卷，后世流传之《昭明文选》即是。

　　萧衍第三子萧纲，即梁简文帝，昭明太子萧统的同母
弟；萧统病亡，萧纲继任太子，后继帝位。《梁书·简文帝
本纪》写道："太宗（萧纲）幼而敏睿，识悟过人，六岁便
属文，高祖惊其早就，弗之信也，乃于御前面试，辞采甚
美。高祖叹曰：'此子，吾家之东阿。'……读书十行俱下。
九流百氏，经目必记；篇章辞赋，操笔立成。博综儒书，善
言玄理。"此中"东阿"指曹植，曹植曾任东阿王。

　　《南史·梁本纪下》记载，萧纲曾在玄圃讲述萧衍的《五经讲疏》，听者倾朝野。萧纲雅好题诗，他在序文中写道："七岁有诗癖，长而不倦。"但他的诗文伤于轻靡，当时号称"宫体"。萧纲即位之初，将制年号"文明"，取《周易》"内文明而外柔顺"之义。但是恐怕外贼警觉，才改年号为"大宝"。萧纲被拘禁时，"尚引诸儒论道说义，披寻坟史，未尝暂释"。

　　萧纲著述:《昭明太子传》五卷，《诸王传》三十卷，《礼大义》二十卷，《长春义记》一百卷，《法宝连璧》三百卷，《谢客文泾谓》三卷，《玉简》五十卷，《光明符》十二卷，《易林》十七卷，《灶经》二卷，《沐浴经》三卷，《马槊谱》一卷，《棋品》五卷，《弹棋谱》一卷，新增《白泽图》五卷，《如意方》十卷，《文集》一百卷。

　　萧纲的儿子萧大器，即哀太子，也是一位书痴。《梁书·哀太子传》写道："大宝二年八月，贼景废太宗，将害太子，时贼党称景命召太子，太子方讲《老子》，将欲下床，而刑人掩至。太子颜色不变，徐曰:'久知此事，嗟其晚耳。'刑者欲以衣带绞之。太子曰:'此不能见杀。'乃指系帐竿下绳，命取绞之而绝，时年二十八。"

萧衍第七子萧绎，即梁元帝。《梁书·元帝本纪》写道："世祖聪悟俊朗，天才英发。年五岁，高祖问：'汝读何书？'对曰：'能诵《曲礼》。'高祖曰：'汝试言之。'即诵上篇，左右莫不惊叹。"

萧绎初生时患眼病，盲一目。《南史·梁本纪下》写道："性爱书籍，既患目，多不自执卷，置读书左右，番次上直，昼夜为常，略无休已，虽睡，卷犹不释。五人各伺一更，恒致达晓。常眠熟大鼾，左右有睡，读失次第，或偷卷度纸。帝必惊觉，更令追读，加以楛楚。虽戎略殷凑，机务繁多，军书羽檄，文章诏诰，点毫便就，殆不游手。常曰：'我韬于文士，愧于武夫。'论者以为得言。"

萧绎著述：《孝德传》《忠臣传》各三十卷，《丹阳尹传》十卷，注《汉书》一百十五卷，《周易讲疏》十卷，《内典博要》百卷，《连山》三十卷，《词林》三卷，《玉韬》《金楼子》《补阙子》各十卷，《老子讲疏》四卷，《怀旧传》二卷，《古今全德志》《荆南地记》《贡职图》《古今同姓名录》一卷，《筮经》十二卷，《式赞》三卷，《文集》五十卷。

以上正史之中关于南梁萧氏读书与著述的记载，不足二千字。如今读来，依然书香缥缈，回味无穷。就帝王世家而言，堪称千古绝唱。但俗世流年，南梁的故事口耳相传，其热点往往不在这些"书事"之上：或在梁武帝萧衍"五十外便断房室"；或在萧衍梦见一位眇目僧来投胎，后来他的第七个儿子萧绎果然"盲一目"的疑案；或在梁元帝萧绎"性好矫饰，多猜忌，于名无所假人。微有胜己者，必加毁害"；或在萧绎的王妃徐昭佩留下的"半面妆"以及"徐娘半老"的风流韵事。那么，萧氏与书相关的事情，还有哪些令我难忘呢？

在此我记下三段：一是《梁史》之中，史官对梁武帝萧衍的赞词："天情睿敏，下笔成章，千赋百诗，直疏便就，皆文质彬彬，超迈今古。"二是《南史》之中，对梁简文帝萧纲被囚禁时的事迹的一段记载："帝自幽絷之后，贼乃撤内外侍卫，使突骑围守，墙垣悉有枳棘。无复纸，乃书壁及板鄣为文。自序云：'有梁正士兰陵萧世赞，立身行道，终始若一。风雨如晦，鸡鸣不已。弗欺暗室，岂况三光？数至于此，命也如何！'又为文数百篇。崩后，王伟观之，恶其辞切，即使刮去。有随伟入者，诵其连珠三首，诗四篇，绝句五篇，文并凄怆云。"三是《南史》记载，梁元帝萧绎被魏军围困城中，身边众臣劝他投降，萧绎"乃聚图书十余万卷尽烧之", 成为人类焚书史上的一项纪录。那么, 萧绎为什么这样做呢? 他是担心毕生珍藏被他人糟蹋, 还是认为书籍为不祥之物, 一烧了之? 不知道。我只看到, 萧绎投降之后, 还请求看管他的人, 拿来酒与纸笔, 一边饮酒一边写下四首绝句。最终"准捧诗, 流泪不能禁, 进土囊而殒之"。其中一首绝句写道:"松风侵晓哀, 霜雾当夜来, 寂寥千载后, 谁畏轩辕台?"

陈鹤琴与儿童教育

　　陈鹤琴，一八九二年生于浙江上虞县。父亲陈松年继承祖业，开办杂货店维持生计。陈松年育有五子一女，陈鹤琴最小。在他六岁时，父亲不幸病逝，此后家境衰落。父亲留给他的记忆，一是家中有四大箱木版旧小说，摆放得整整齐齐，每年要拿到阳光下晒过，放入樟脑粉，每本书都没有折角；二是陈家祖传教子严厉，信奉"棍棒底下出孝子"，陈鹤琴见到兄长受到严厉训诫，因此有了逆反心理，一生热爱儿童，主张用慈爱的方法教育孩子。

　　陈鹤琴八岁开蒙，入私塾学习六年，所读书有《百家姓》《三字经》《神童诗》《千家诗》《唐诗三百首》《大学》《中庸》《论语》《孟子》《幼学琼林》，认识三四千字。他十五岁入杭州慧兰中学，十九岁中学毕业，一九一一年春考入上海圣约翰大学，教师有卜舫济、孟宪承、钱基博、张振镛。他记得圣约翰大学的校训：一是"光与真理"，二是"学而不思则罔，思而不学则殆"。教育宗旨是使学生走向社会后，"做人民的先生和领袖"。不久圣约翰大学因故停课，陈鹤琴转考入北京清华学堂，授课的教师大多是外国人，让他难忘的中国教师有周诒春、张伯苓，同学有吴宓、金岳霖、廖世承、孟宪宗、郑晓沧、汪心渠。读书期间，有三本书最让他难忘：《天路历程》《汤姆叔叔的小屋》《富兰克林自传》。

　　一九一四年陈鹤琴毕业，考取赴美国留学资格，同行者有陶行知、金岳霖等人。同年十月到美国后，他就学于霍普金斯大学，读英、德、法文，还有政治学、经济学、教育学、心理学。同时选读康奈尔大学与阿默斯特大学养蜂、鸟学、普通心理学等学科。一九一七年他获得文学学士学位，也成为第一位获得霍普金斯大学学士学位的中国留学生。接着他又进入哥伦比亚大学师范学院，宋子文、孙科、张奚若、胡适、蒋梦麟、郭秉文、张伯苓、陶行知等都曾经在这里读书。陈鹤琴进入哥伦比亚大学时，杜威已经退休，他跟随克尔帕屈克、孟禄、桑戴克、罗格，攻读教育学、心理学，翌年获得硕士学位。接着他转入心理学系，跟随伍特沃思准备博士论文。此时陈鹤琴接到郭秉文的来信，邀请他回国，任教于南京高等师范学校，因此他未能完成博士论文，此事成为他终生的遗憾。

一九一八年九月，陈鹤琴进入南京高等师范学校任教习。他开始发表文章，声名鹊起。如《学生婚姻问题之研究》在《东方杂志》上连载，受到李大钊的赞扬。两年后学校被改造成综合性大学，即东南大学，郭秉文任校长，延聘教授陈鹤琴、李叔同、汤用彤、吴宓、竺可桢、熊庆来、赛珍珠、马寅初、杨杏佛等。此后陈鹤琴始终从事教育工作，直到一九五八年，他被调离南京师范学院，免去院长职务，结束了教育生涯。

在漫长的人生道路上，陈鹤琴完成了许多重要的学术项目，发表了大量学术文章，出版著译如《智力测验法》《语体文应用字汇》《儿童心理之研究》《家庭教育》《测试概要》《幼稚教育丛刊》《儿童科学丛书》《好朋友丛书》《少年儿童图画诗歌》《幼儿教育论文集》《幼稚园课本》

《儿童活页手工教材》《世界儿童歌曲》《最新英文读本》
《儿童国语读本》《儿童作文课本》《民众课本》《小学自然
故事丛书》《中国历史故事丛书》《我的工作簿》《小学各科
心理学》《少年英文诗歌》《世界儿童节奏集》《国民学校设
备丛书》《儿童故事》《活教育的理论及实施》，还有《我
的半生》《写给青年》等。一九八二年陈鹤琴去世，享年
九十一岁。十年后《陈鹤琴全集》六卷出版。

　　陈鹤琴信奉"一切为了儿童"的教育理念，一生中为
儿童教育做出许多重要贡献。本文略记如下：

　　一是字汇研究。一九二〇年，中国提倡平民教育，开
展扫盲运动，陈鹤琴想到：中国的通用字汇有多少呢？其中
文言文有多少字汇？语体文（白话文）有多少字汇？两种
文体字汇的关系如何？多少字是小学生应该学的？多少字
是民众应该学的？为此，陈鹤琴从儿童用书、报纸、杂志、
小学生课外作品、古今小说、杂类等材料中，摘取单字分
类研究，一九二二年在《新教育》杂志上发表《语体文应
用字汇》。后来陶行知、朱经农以此为依据，编写了《平民
千字课》。陶行知写道："陈先生用了一年半的功夫，做了一

本字汇；在一百万字当中，发现一百零一次以上的字，有一千一百六十五个。我们就应用这科学方法研究所得的字来编辑。"陈鹤琴在编写各类儿童读物时，也以此为根据。一九二八年《语体文应用字汇》在商务印书馆出版。

二是测验运动。一九二一年，南京高等师范学校开设中国高等学府的第一个心理学系。陈鹤琴、廖世承合著《智力测试法》一书，此书也是中国最早的心理测试专书。书中列出三十五种测验方法，其中二十三种采用国外的测试内容，十二种是根据中国学生的特点自创的。他们陆续做了上千人的测试，引起教育界轰动。后来，陈鹤琴的学生张宗麟在为《我的半生》作序时写道："这是二十年前南京高等师范学校和东南大学合并举行入学考试中智力测试的一课，是全部考试中最新奇而又最紧张的一课。为着这样新奇的考试科目，每个投考者对于这位青年教授也就留下了最深的印象。……这位青年教授，就是当时南高和东大的教务长陈鹤琴先生。"

三是幼儿教育。一九二五年，陈鹤琴两部重要的著作《儿童心理之研究》《家庭教育》在商务印书馆出版。《儿童心理之研究》分上、下两册，被列入"大学丛书"，陈鹤琴由此获得"中国儿童心理研究的开拓者与奠基人"以及"中国幼教之父"的赞誉。值得提及的是，一九二〇年陈鹤琴长子陈一鸣出生，陈鹤琴对陈一鸣的成长发育过程做了长达八百零八天的连续观察，并且用文字与照片将得到的资料详细记录下来，积累了十多本笔记，陆续写了很多相关文章，如《儿童好问心与教育》《我对儿童的惧怕心之研究》《研究儿童知识之方法》《儿童研究纲要》《儿童的暗示性》等。正是这些第一手资料，最终成为《儿童心理之研究》中的重要内容。

《家庭教育》一书的影响也很大，在近百年间不断再版，印数达到百万册以上。陶行知在为此书作序时写道："系近今中国出版教育专书中最有价值之著作。……这本书是儿童幸福的源泉，也是父母幸福的源泉。著者既以科学的头脑、母亲的心肠作成此书，我愿读此书者亦务需用科学的头脑和母亲的心肠去领会此书之意义。"

四是活教育。这是陈鹤琴一生追求与践行的教育理念，他的思想基础，来源于陶行知对于旧时中国教育状况的批评："教死书，死教书，教书死，读死书，死读书，读书死。"陈鹤琴受到启发，提出活的教育是："教活书，活教书，教书活；读活书，活读书，读书活。"怎样才能实现这样的理想呢？陈鹤琴做了大量的研究与实践，最终得出了结论：比如教育工作要以儿童为中心，而不是以教师为中心；教育的目的是培养做人的态度、习惯、兴趣、方法、技能，而不是传授零星的知识；一切教学集中在做上，而不是在听上；以爱与德感化儿童，而不是以威与畏管教儿童；儿童靠自理，而不是靠教师的约束，等等。

再如一九四〇年，陈鹤琴在江西文江村大岭山上，创办了国立幼稚师范学校，开始了他的活教育试验。那里是怎样一番景色呢？陈鹤琴引古诗吟道："青山无一尘，青山无一云。天上惟一月，山中惟一人。此时闻松涛，此时闻钟声；此时闻涧声，此时闻虫声。"还有歌曲唱道："幼师——光明！幼师——光明！就像那玉兔东升，红日西沉！"时在江西主政的熊式辉，大为赞扬陈鹤琴的教育思想，他说："中国教育界有四位圣人：乡村教育陶行知，平民教育晏阳初，职业教育黄炎培，儿童教育陈鹤琴。"

陈鹤琴毕生以儿童教育为使命。直到晚年，他已经写不动文章了，人们请他题词，他还会写下"我爱儿童，儿童爱我"。陈鹤琴去世时，原幼师学生挽联写道："您是园丁，栽培万千幼苗，红花朵朵开遍祖国大地；您是慈母，哺育代代新人，硕果累累流传万古千秋！"

后　记

　　这部书稿中的文章，全部来源于二〇一八年七月至二〇二二年初，我为《辽宁日报》阅读版撰写的专栏"常识辞典"。其实此前几年间，我曾经为该报撰写过另一个栏目"书香故人来"，最终以此为题目出版了一本小书。结束那个专栏之后，我搁笔一段时间。一次与丁宗皓先生聊天，他对我说："如果有兴趣，再写一组普及阅读常识的文章吧。"我想了一下回答："好啊，专栏叫什么题目呢？"宗皓兄说："不妨就叫'常识辞典'如何？"

　　实言之，我一直喜欢写专栏，尤其是在《辽宁日报》上写专栏，它既是我故乡的报纸，其中又有许多谈得来的同道。但说到以"常识"为主题写文章，我还是有些顾虑。

一是在人们通常的印象中，以往敢于谈常识的人，不是大家、名家，就是偶像、网红之流，时而会有说教、赶时髦或政治正确的嫌疑；二是我写文章，历来秉承"知之为知之，不知为不知"的古训，喜欢写自己熟悉的事情，诸如身边的所见所闻、小事琐事，回避那些大而无当、堂而皇之的话题。但此番宗皓兄授命，其意当然不在追风，而是希望我能够迎风而上，冷静地阐释一下"常识"的深义。这让我的心底涌出某种责任感，颔首点赞之余，只有承诺尝试着写写看。

就这样每月一篇，每篇三千字，一写就是三年多。最初我着力思考一些基本概念，诸如阅读与独处、经典与再造、传统与传承、好书与坏书、书单与书目，等等。如此写了一年多的时光，我有些倦了，同时觉得如此注说名词，写起来过于刻板，过于整齐划一，失去了专栏写作的灵活性与自主性。于是我笔锋一转，开始讲述中国历代人物的阅读故事，讲述他们的著作、方法与观点。由汉代的刘德、刘安、刘向、刘歆，一直写到当代的吕叔湘、季羡林、张中行、沈昌文、钟叔河，陆陆续续有二十几个人物。可能有人会问：自古读书大家不可胜数，你何以选择这些人物呢？原因有两点：一是知道，再一是喜爱。"知道"是说我此前读过他们的书，了解过他们的身世与学识，使我有了写作基础，不会成为急就章；"喜爱"则是个人的偏好了，史上有才学者多如繁星，他们个性不同，观点不同，经历不同，史评不同，我研究问题时向来主张独立思考，此时选择写他们，有随机的因素，更是遵从自己的喜好与知识积累了。还有我每写一个人物，从准备到完成，需要二十天左右的时间，主要的精力都花费在详读他们的传记、评传、年谱、全集、文选上，将其中与阅读相关的事情抽取出来，串联起来，落笔时只是穿针引线，水到渠成。然而这一番针对过往人物的专题思考，竟然引来我接连不断的叹息：我感叹自己，为什么到了花甲之年才开始静下心来，深究他们的故事呢？说是不晚，还是太晚了。如果早些年多了解这些优秀人物的故事与思想，一定会为自己人生的道路提供更多的指导与借鉴。

专栏写到二〇二二年春节，我查点一下，已经有三十九篇文章发表，有十几万字。心想差不多了，到此为止吧。于是我对《辽宁日报》的编辑说："新年新思路，这个题目不再写下去。"

　　接下来准备将这些文字结集出版，我开始做三件事情：首先是编排目录，我最初分为上、下两篇，上篇为阅读常识，下篇为阅读故事。其次是起一个书名，前面已经提到我对"常识"一词的顾虑，同时更不敢将自己拉杂的文字妄称为"辞典"，几经思考，最终想到一个平淡的名字《三年读书记》。但出版社总编辑拿到我的书稿后，很快建议我说："换一个题目吧，就叫'阅读的常识'好了。"接着她将目录也做了重新编排。这个建议很好，既直白又平和，既兼顾了《辽宁日报》专栏的名目又契合我当下的心情。

　　最后我还要请来高明的人物，为全稿加一个序言。此事说来难忘，我在过去的几十年中，大约写了十三本小书，它们都是由沈昌文先生赐序。直到二○二○年，我的小书《书后的故事》完稿，我又请沈公赐序，他欣然答应，不料序未收到，老人家却在翌年初撒手人寰，飘然界外了。从此我请沈公写序的故事戛然而止，再有著作出版，我也只有另请他人了。那么这一本书请谁来作序呢？

　　此时我想到两位合适的人物，一位是钟叔河先生，他是我最敬重的当代出版家之一。但老人家年事已高，早已宣称不再为别人的著作写序了。二○一四年，我为他出版

一本小书《人之患——为别人作的序》，其中引孟子曰："人
之患，在好为人师。"接着又引顾炎武曰："人之患，在好为
人序。"钟先生最终叹道："此书取名'人之患'，是要警惕
自己不要再为'患'了。"我自然也不能例外，但请先生题
字还是可以的吧？又想到此时钟先生重病初愈，尚在恢复
之中，如此叨扰，很有些不忍。最终没忍住，还是给钟先
生写了一封信，附上文稿中专写钟先生的那一篇文章《钟
叔河学其短》，请长沙王平兄代为奉上。没想到钟先生坐在
病榻之上，几番认真批改我的文稿，又将改过的清样邮寄
给我。老人家还极认真地为我写了一篇题词，大大小小有
二百多个字，还钤有四方印章。其中写道："我与俞君私交
极浅，好印象实始于其时对沈昌文兄的推重，合作多年，
始终如一，沈死后仍如一也。近阅毛尖文，乃知'陆灏直
接骂他昏君，他后来也仍是笑嘻嘻的'。不记仇不抱怨，此
则更为难得矣。"读着读着，我的泪水又从脸上静静地滑落
下来，此时也顾不得毛尖在《书后的故事》序言中，调侃
我"好哭又不掩饰"的毛病了。

　　还有一位合适作序的人物是胡洪侠先生，此君出身燕
赵之地，如今在深圳生活，职业报人，名满全国读书界，

是倡导书香社会的先锋人物。坚持多年的深圳读书月、深港书评、十大好书评选等，都是他的创意与手笔。我们是好朋友，我敬佩他的才学，欣赏他文笔敏锐、犀利、老到、快速；更敬佩他敢于戒酒，并且还真的戒掉了。如今洪侠兄年龄逼近六十，鬓发全白，文字融于思想，锐气隐于沟壑，健笔藏于嬉笑怒骂之间，写出文章越发让人喜爱。我求他作序，他欣然答应，洋洋洒洒，落笔三千言，题曰"液态的阅读"，点明我内心所指，让我倍感欣慰。

最后还要感谢《辽宁日报》丁宗皓、霍利，感谢艾明秋、朱立利诸君的帮助。

俞晓群

搁笔于辛丑年立夏日三年大疫中